HISTOIRES
TERRIFIANTES
à faire pâlir d'effroi

R.C. Welch

Traduit de l'anglais par
Martine Perriau

D0901516

*À Larry Gibson, qui fit jaillir la flamme,
et à Tatiana, qui l'alimente.*

R.C.W.

*À ma femme Frances, la plus belle
histoire de ma vie.*

R.D.

Données de catalogage avant publication (Canada)

Welch, R. C. (Robert C.), 1962-

Histoires terrifiantes à faire pâlir d'effroi

(Chauve-souris)
Pour les enfants.
Traduction de: Scary stories for sleep-overs.

ISBN: 2-7625-7806-X

I. Delgado, Ricardo. II. Titre. III. Collection.

PZ23.W44Hi 1994   j813'.54   C94-940903-3

Illustration de la couverture: Georgetta Pusztaï

Scary Stories for Sleep-Overs
Copyright © 1991 RGA Publishing Group, Inc.
Publié par Price Stern Sloan, Inc.

Version française
© Les éditions Héritage inc. 1994
Tous droits réservés

Dépôts légaux: 3e trimestre 1994
Bibliothèque nationale du Québec
Bibliothèque nationale du Canada

ISBN: 2-7625-7806-X

Imprimé au Canada

LES ÉDITIONS HÉRITAGE INC.
300, Arran, Saint-Lambert (Québec) J4R 1K5
(514) 875-0327

L'ERMITE DU MONT CÔME

Rémi et ses amis expliquaient à Maxime, nouveau venu dans le coin, qu'un vieil homme étrange vivait seul en dehors du village.

— Il est fou, dit Rémi, aussitôt approuvé par les autres. Il vit dans une cabane là-haut, sur le mont Côme.

— Une cabane? demanda Maxime.

— Je le jure! dit Rémi en levant sa main.

— C'est vrai, ajouta Sylvain, le meilleur ami de Rémi. Il l'a construite à flanc de montagne avec de vieux bouts de métal et de bois.

— C'est vraiment bizarre, dit Maxime en secouant la tête. Qui est cet homme?

Certains haussèrent les épaules.

— Il s'appelle Côme, répondit Laurent. Il vit là-haut depuis toujours... enfin, d'autant que tout le monde s'en souvienne. C'est pour ça que les gens ont nommé le mont «Côme».

— Un jour, ma grand-mère m'a raconté qu'il a vécu une histoire triste, dit Nathan. Mais elle n'a rien dit de plus.

— C'est très triste, en effet, un vieux fou qui vit seul dans une cabane! acquiesça Rémi, faisant rire ses amis.

— Mais que fait-il là-haut? demanda Maxime.

— Rien, répliqua Rémi. Il ne parle à personne et ne descend jamais au village.

— Nous pensons qu'il dévore les enfants, dit Sylvain.

— Quoi? s'étrangla Maxime.

— C'est vrai, dit Rémi. Il mange les enfants. Tout le monde le sait à l'école. Sa cabane est à l'extrémité d'un grand champ, et dès que quelqu'un y pose le pied, il sort d'on ne sait où en hurlant.

— Fichez le camp d'ici! imita Laurent d'une grosse voix, la tête baissée entre ses épaules et en se mettant à boiter. Gamins stupides! Allez-vous-en et laissez-moi tranquille!

— Si je vous attrape, gare à vos fesses! ajouta Sylvain en faisant pouffer de rire ses camarades.

— Ouais, continua Rémi. Parfois, nous lançons un défi entre nous, pour voir qui s'approchera le plus de sa cabane avant que le vieux lui tombe dessus.

— Pourquoi dites-vous qu'il mange les enfants? demanda Maxime.

— Eh bien, chuchota Rémi en se penchant vers lui, tu ne sais jamais où il se trouve. Il furète partout dans ces montagnes et attend qu'un enfant fasse quelque chose d'idiot, comme se promener seul. Et là, c'est la fin!

— Qu-qu-que se passe-t-il?

— Il saute sur l'enfant et l'emporte dans sa cabane où il le fait cuire lentement sur le feu. Il entrepose ensuite soigneusement le corps calciné qui lui fera plusieurs repas. Il y a un trou, par là, rempli des os décomposés des enfants disparus dans la région.

Maxime observa Rémi, l'air méfiant.

— Combien d'enfants ont disparu?

— Je ne sais pas, répondit Rémi en haussant les épaules. Mais sois prudent, sinon tu iras les rejoindre!

À cet instant, Laurent attrapa Maxime par-derrière et cria: «Je t'ai eu!» Ce dernier poussa un cri étouffé et bondit tandis que les autres se tordaient de rire.

— Des os décomposés! Ouais, d'accord, soupira

Maxime en secouant la tête. D'accord, vous m'avez bien eu !

— Qui sait pourquoi il n'aime pas nous voir près de sa stupide cabane, dit Nathan une fois que les autres se furent calmés. Peut-être y a-t-il caché un trésor ? Pour quelle autre raison s'inquiéterait-il de voir quelqu'un s'approcher ? Zut ! il vit dans ces montagnes depuis des siècles ! Qui sait s'il n'a pas trouvé une mine d'or ?

— Alors, pourquoi ne dépense-t-il pas plein d'argent ? interrogea Laurent.

— Il pense sans doute que les gens viendraient là-haut et le jetteraient dehors, dit Sylvain.

— Il avait peut-être un associé et l'aura tué afin de garder l'or pour lui tout seul, suggéra Maxime.

Ils passèrent ainsi le reste de l'après-midi à imaginer des histoires à propos du vieil homme.

Le soir venu, Maxime demanda à ses parents s'ils avaient entendu parler de l'ermite. Son père secoua la tête, mais sa mère dit en avoir entendu parler un jour.

— Madame Lemieux m'a déjà parlé de lui, expliqua-t-elle. Sa femme est morte à la naissance de leur fils unique. Puis, quelques années plus tard, son fils a disparu. Il semble avoir un peu perdu la tête par suite de cela. Il a construit une espèce de maison sur le mont Côme et il y vit depuis lors.

— Je n'en savais rien, dit alors le père de Maxime. Est-il dangereux ?

— Pas d'après madame Lemieux. Elle dit qu'il vivait déjà là-haut bien avant que la plupart des gens n'arrivent dans ce village. Il n'a jamais fait de mal à qui que ce soit.

— Rémi m'a dit qu'il déteste les enfants et les chasse dès qu'ils s'approchent de sa cabane, raconta Maxime.

Son père se mit à rire.

— Ah ! oui, je vois ! Ce pauvre vieux bonhomme qui vit en solitaire est une cible rêvée pour les gamins à cent lieues à la ronde ! dit-il en se tournant vers Maxime. Rémi a sans doute raison. Cet homme a certainement été importuné par les enfants dès l'instant où il s'est retiré là-haut. Laissez-le donc un peu tranquille, d'accord ?

— T'as raison, papa, dit Maxime en haussant les épaules et en se replongeant dans son assiette.

Le lendemain, il était impatient de raconter cette histoire à ses nouveaux amis. Ils se retrouvèrent tous chez Sylvain où Maxime leur rapporta tout ce que sa mère avait dit.

— Vous voyez ? dit Rémi. C'est la preuve ! Il déteste les enfants parce qu'il a perdu son fils !

— Allons montrer la cabane à Maxime, suggéra Laurent.

— C'est que, hésita Maxime, mon père m'a demandé de laisser l'ermite tranquille. Je crois qu'il le plaint, en fait.

— Ne t'inquiète pas, dit Rémi. Nous ne dépasserons pas le bord du champ. Comme ça, tu verras de quoi il s'agit.

Maxime fit semblant de résister, mais il s'élançait peu après vers le mont Côme avec les autres garçons. Ils marchèrent jusqu'au bout de la route du Boisé qui devient alors un chemin de terre sinueux. Rémi les dirigea jusqu'à l'endroit où le chemin serpente autour de la montagne.

— Le champ de l'ermite se trouve juste après ce virage, expliqua-t-il à Maxime à voix basse. Lorsque nous y serons, regarde à l'autre bout du champ et tu verras sa cabane.

Ils se glissèrent le long du chemin, et un champ apparut. Il s'étendait à la droite du chemin et trois de ses côtés étaient entourés de pentes abruptes. Il avait à peu près les dimensions d'un terrain de football, et la cabane de l'ermite s'élevait à l'autre bout.

Aux yeux de Maxime, la cabane semblait tapie sous les arbres, prête à bondir sur un enfant qui passerait par là. Il se demanda comment elle tenait encore debout. Elle était composée d'un bric-à-brac de feuilles métalliques, de rails en aluminium, de planches de bois et de bouts de plastique. Elle était inclinée vers le flanc de la montagne et on aurait dit qu'elle allait, à tout instant, s'effondrer et dégringoler la pente à toute vitesse.

— Il habite là ? demanda Maxime, incrédule.

— Ouais, dit Rémi. Charmant, non ?

La porte de la cabane s'ouvrit alors et le vieil homme en surgit. « Il a au moins cent ans ! » se dit Maxime. L'ermite était si maigre que ses os pointaient sous ses vêtements en lambeaux. Il avait de longs cheveux blancs hirsutes et une barbe ébouriffée pendait jusqu'à sa poitrine.

Il balaya la clairière d'un regard anxieux. Les garçons reculèrent à l'abri des buissons en jetant un coup d'œil furtif entre les branches. Maxime avait l'impression que le vieillard le dévorait des yeux ! L'ermite se mit à tousser et, malgré la distance, Maxime pouvait entendre l'horrible halètement. Soudain, le vieil homme réintégra son refuge.

Rémi fit signe aux autres, puis ils redescendirent le long du chemin. Une fois le champ hors de vue, ils prirent leurs jambes à leur cou jusqu'à la route du Boisé. Ils s'effondrèrent alors, essoufflés.

— Tu vois ? dit Nathan. C'est un bonhomme étrange, non ?

— Il semblait sur le point de mourir! dit Rémi.

Les garçons se remirent à marcher et passèrent le reste de la journée à jouer à cache-cache dans les mauvaises herbes et les buissons qui bordaient la route du Boisé, à proximité du chemin de terre.

Quelques semaines plus tard, Maxime prenait son déjeuner lorsque quelqu'un sonna à la porte.

— J'y vais, dit-il en se précipitant vers l'entrée.

C'était Laurent.

— Maxime, habille-toi!

— Pourquoi? Qu'y a-t-il?

Maxime fit entrer Laurent et le conduisit jusqu'à sa chambre.

— Devine ce qui est arrivé la nuit dernière lorsque monsieur Marquis promenait son chien?

— Comment pourrais-je le savoir? dit Maxime en attachant ses chaussures. Que se passe-t-il?

— Monsieur Marquis promenait son stupide berger allemand du côté de la route du Boisé, lorsque son chien a perdu la tête. Monsieur Marquis l'a donc laissé aller. Le chien a couru jusqu'à un bosquet et il s'est mis à aboyer.

— Alors? le pressa Maxime qui en avait oublié son autre chaussure. Qu'est-ce que c'était?

— L'ermite! Il a eu une crise cardiaque ou quelque chose du genre! Monsieur Marquis a fait venir les policiers et une ambulance, et le vieil homme a été transporté à l'hôpital!

— Incroyable! Comment sais-tu tout ça?

Laurent ne se tenait plus de joie.

— Ma sœur travaille à l'hôpital. Elle nous a tout raconté au déjeuner!

— Est-il mort?

— Non! Mais tu sais ce que ça signifie?

— Quoi?

— Eh bien, c'est la première fois, je crois, que le bonhomme n'est pas dans sa cabane! dit Laurent d'un air grave.

Maxime réalisa soudain où Laurent voulait en venir et se mit à protester.

— Oh! allez! l'interrompit Laurent. Rémi, Sylvain et Nathan vont nous retrouver à la route du Boisé!

Maxime se leva et se mit à réfléchir en se mordillant la lèvre tandis que Laurent l'observait. Il fit soudain un grand sourire et tendit son bras comme le ferait un champion de boxe...

— Ouais! Allons-y, cria-t-il.

Le vieil homme allait mourir et il le savait. Il ouvrit les yeux et regarda fixement les murs blancs de la chambre d'hôpital. Il n'était pas entré dans un hôpital depuis la naissance de son fils. Il tourna lentement les yeux, regarda le tube qui sortait de son bras, puis sourit amèrement. « Ça ne sert à rien, mais allez dire ça à un docteur. »

Oui, il savait qu'il était mourant. Il l'avait su dès que sa toux avait commencé, il y avait bientôt six mois. Il avait d'abord cru qu'il s'agissait d'un léger rhume, au pis aller d'une bronchite. Mais la toux n'avait jamais cessé. Au bout de quelques semaines, il avait senti sa poitrine éclater chaque fois qu'il toussait. Puis, peu de temps après, il s'était mis à cracher du sang.

Il se sentit sombrer à nouveau dans le sommeil. Il était si fatigué! Puis, il se souvint. La grotte! Il devait à tout prix parler de la grotte à quelqu'un ! Il s'assit avec peine et sonna l'infirmière.

Rémi, Nathan et Sylvain étaient déjà au bout de la route du Boisé lorsque Laurent et Maxime y arrivèrent. Rémi leur montra son couteau suisse.

— Pourquoi ce couteau ? demanda Maxime.

— Toujours prêt ! répliqua Rémi. C'est la devise scoute.

— Génial, dit Sylvain en fronçant les sourcils. Nous t'appellerons si nous voulons écailler un poisson. Allons, pressons !

Ils commencèrent à grimper. Ils atteignirent bientôt le chemin qui serpentait dans la montagne et qui menait à la cabane de l'ermite. Ils poursuivirent leur chemin, de plus en plus agités.

L'infirmière se précipita dans la chambre.

— Monsieur Côme ! dit-elle en écartant la main du vieil homme de la sonnerie. Que se passe-t-il ?

Il s'agrippa à son poignet et essaya de parler. Mais il sentit la douleur aiguë dans sa poitrine et se mit à tousser. Il semblait ne jamais pouvoir s'arrêter. Il se cramponna à l'infirmière, le corps tremblant, un filet de sang s'écoulant de ses lèvres.

— Monsieur Côme, dit-elle, effrayée. Monsieur Côme ! Laissez-moi appeler le docteur !

Il secoua la tête et fit un terrible effort pour se calmer.

— Non ! suffoqua-t-il. Attendez ! Mon refuge... la grotte !

Il perdit connaissance un instant, et l'infirmière demanda un médecin par l'interphone.

Les garçons atteignirent le champ et se dirigèrent bravement vers son autre extrémité. Comme ils s'approchaient de la cabane, leur courage s'amenuisa et ils avancèrent plus lentement.

— Que ferons-nous s'ils l'ont laissé partir ? demanda Maxime.

— Aucun risque, dit Laurent. Ma sœur a dit qu'ils le garderaient sous surveillance pendant au moins vingt-quatre heures.

— Et si quelqu'un d'autre habitait là ? murmura Sylvain.

Ils s'arrêtèrent à quelques pas de la cabane.

— Holà ! Il y a quelqu'un ? cria Rémi.

Ils attendirent, les nerfs à fleur de peau. Tout était silencieux. L'unique fenêtre de la cabane était sombre et nue.

— Venez, dit soudain Rémi.

Il avança à grands pas et ouvrit la porte avant que les autres aient pu réagir.

Ils s'étaient tous préparés à ce qu'une espèce de démon hurlant surgisse et dévore Rémi, mais rien n'arriva. Les garçons s'approchèrent.

— Hé ! regardez ça ! s'exclama Rémi.

Maxime n'en croyait pas ses yeux. Il y avait une porte dans le mur arrière de la cabane. Pourtant, ce mur s'élevait contre la paroi de la montagne !

— Vous voyez ? J'avais raison ! Il a trouvé une mine

d'or! dit fièrement Nathan.

Ils examinèrent rapidement le reste de la cabane qu'ils jugèrent sans intérêt. Elle ne contenait rien d'autre qu'une vieille commode d'où sortaient quelques loques, une petite table et un lit. Un bol contenant quelques fruits ratatinés était posé sur la table.

Rémi se campa devant la porte arrière. Une barre, qu'ils pourraient facilement soulever, était posée en travers. Il regarda les autres.

— Prêts, les amis?

Le vieux Côme fit un effort pour reprendre ses esprits. L'infirmière expliquait au docteur pourquoi elle l'avait fait venir. Le médecin se pencha vers lui.

— Monsieur Côme, dit-il doucement. Vous n'allez pas bien du tout.

— Ça n'est pas important... mon refuge...

— Tout ira bien, dit le docteur essayant de le calmer. Je vous en prie, essayez de vous détendre.

Monsieur Côme agrippa le bras du médecin, mais ses forces l'abandonnèrent. Il se remit à tousser. Cette fois, il sentit sa poitrine se déchirer, puis, après une douleur aiguë, il ne sentit plus rien. Son regard se voila et sa main glissa du bras du docteur.

Il n'était plus dans la chambre d'hôpital. Non, il flottait au-dessus du champ où s'élevait son refuge. Il entra alors dans la cabane, observant les enfants tandis qu'ils s'approchaient de la porte arrière.

— Non! cria-t-il. Éloignez-vous de là!

Mais ils ne pouvaient pas l'entendre.

— Prêts, les amis? dit un des garçons en saisissant la

barre posée en travers de la porte.

— Éloignez-vous! cria à nouveau le vieil homme. J'essaie de vous protéger! Sortez d'ici!

Mais ça ne servait à rien...

Le garçon fit glisser la barre sur le côté, puis ouvrit la porte. Elle dissimulait l'entrée sombre d'une grotte. Ses amis se précipitèrent pour regarder à l'intérieur. Ils sentirent alors une force invisible s'emparer d'eux et les entraîner au plus profond de la grotte.

— NOOON! cria monsieur Côme de toutes ses forces.

Puis il se tut à tout jamais.

— Pourquoi a-t-il hurlé ainsi, docteur? demanda l'infirmière en regardant le corps sans vie de monsieur Côme.

— Le délire, sans doute, répondit le docteur. Qui sait ce qu'ils voient avant de s'éteindre...

INDICE RÉVÉLATEUR

Charles s'éveilla et jeta un coup d'œil au réveil. «Oh! non! Déjà l'heure de se lever!» se dit-il en grognant. Il se souvint alors qu'il était en congé aujourd'hui! Il se laissa retomber sur son oreiller et se demanda ce qu'il devait ressentir concernant l'annulation des cours. L'école était fermée à cause de l'enterrement de madame Tessier. Elle avait été professeure de cinquième année et, par conséquent, de Charles. Elle était morte, quelques jours auparavant, dans un accident de voiture.

Charles fixa le plafond. Son ex-professeure avait toujours semblé s'en prendre à lui, et une antipathie mutuelle s'était développée entre eux au cours de l'année. En fait, le jour où elle était morte, ce jour où Minuit prit la poudre d'escampette, il avait été si furieux contre elle qu'il avait souhaité qu'un malheur lui arrive. Elle l'avait mis dans l'embarras devant toute la classe! Lorsqu'elle avait découvert qu'il n'avait pas fait son devoir, elle l'avait appelé au tableau et lui avait ordonné d'y écrire le devoir... comme s'il était un gamin de deuxième année!

Lorsqu'il entendit qu'un malheur était arrivé à madame Tessier, il se sentit coupable. Il n'avait jamais souhaité sa mort, ça non!

Une masse noire bondit soudain par la fenêtre ouverte et vint atterrir sur le ventre de Charles.

— Minuit? Tu es revenu!

Le chat aux yeux verts regarda Charles depuis sa piste d'atterrissage et se mit à ronronner. Il avait adopté Charles une semaine plus tôt. Celui-ci rentrait de l'école lorsque Minuit était apparu, comme par miracle. Il avait couru vers Charles et s'était frotté contre sa jambe. Comme le chat semblait en bonne santé et n'avait pas de collier, Charles avait joué un moment avec lui, puis, lorsqu'il était entré dans la maison, le chat l'avait suivi. Il l'avait appelé « Minuit », car sa fourrure était du noir le plus sombre, le plus profond qui soit. Alors, au moment où toute la famille s'était habituée à lui, Minuit s'était sauvé. Charles était vraiment fou de joie qu'il soit revenu !

— Tiens, tiens ! Voyez qui est de retour, dit la mère de Charles en entrant dans la chambre et en se dirigeant vers Minuit pour le caresser.

Mais le chat l'ignora totalement et se contenta de renifler Charles.

— Bon, il semble n'avoir d'yeux que pour toi. Charles, ajouta-t-elle alors, souviens-toi qu'aujourd'hui nous allons à l'enterrement de madame Tessier !

— Voyons, maman ! Comment pourrais-je oublier ça ?

— Tu en serais bien capable, dit sa mère en souriant.

Les élèves de cinquième année assistèrent presque tous à l'enterrement. Charles fit en sorte de ne pas s'éloigner de Marc-André, son meilleur ami.

— C'est plutôt bizarre, murmura Marc-André au beau milieu de la cérémonie. Je veux dire... un jour, elle nous bombarde de devoirs et le lendemain... pouf !

Charles secoua la tête.

— Je sais, souffla-t-il par-dessus son épaule. Elle n'était pas ma professeure préférée, loin de là, mais tout de même !

— J'ai entendu dire qu'elle est morte sur le coup. Un témoin dit avoir vu une masse sombre se précipiter devant la voiture.

— Qui t'a dit ça ? demanda Charles.

Sa mère lui ordonna de se taire avant qu'il eût sa réponse, et il se retourna. Le prêtre fit un long discours à propos du dévouement de madame Tessier envers ses élèves. Monsieur Caron, le directeur de l'école, prit ensuite la parole. Charles essayait de rester tranquille, mais il voulait absolument en savoir plus sur ce que Marc-André avait dit.

Après l'enterrement, les enfants retournèrent s'entasser dans les voitures de leurs parents. Charles demanda à sa mère de le laisser marcher jusqu'à la maison avec Marc-André.

— Que voulais-tu dire en parlant d'une masse sombre devant la voiture de madame Tessier ? demanda Charles dès que sa mère se fut suffisamment éloignée.

— Alex a entendu son père en parler. Il a dit qu'elle a donné un coup de volant pour l'éviter et qu'elle est allée s'écraser tout droit contre un arbre. BOUM !

« C'est possible, se dit Charles. Après tout, le père d'Alex est policier. »

— Ont-ils une idée de ce qu'était cette masse sombre ?

— D'après Alex, ils n'ont aucun indice. La masse se traînait véritablement.

Ils arrivèrent chez Charles et passèrent le reste de la matinée à lire des bandes dessinées. Marc-André rentra chez lui à l'heure du dîner pour garder son petit frère.

Charles alluma alors la télé et s'installa sur le divan. Minuit entra peu après dans la pièce et vint se frotter contre sa jambe.

Il pensa à madame Tessier et se mit à trembler. Peu importe à quel point elle avait pu l'embarrasser, il n'aurait jamais souhaité sa mort ! Non, une telle punition ne doit être réservée qu'à ceux qui la méritent vraiment. Julien, par exemple, la brute de l'école.

Charles grogna. Tous les enfants détestent Julien. Il est le plus costaud de la classe de sixième et il tabasse tout le monde. Un jour, Charles était rentré chez lui la lèvre fendue et trop effrayé pour raconter à ses parents ce qui s'était réellement passé. Il avait préféré leur dire qu'il était tombé dans la cour de récréation.

« Ouais, se dit-il en hochant la tête, Julien mérite vraiment d'être mis en charpie ! »

Le lendemain, il y avait de l'école comme d'habitude. Mais lorsque Charles y arriva, la cour bourdonnait d'agitation. Dès qu'il l'aperçut, Marc-André en se précipita vers lui.

— Tu ne le croiras pas, Charles ! dit Marc-André en criant presque, le regard affolé et la voix tremblante. Julien est allé au zoo et est tombé dans la fosse aux lions où il a été mis en charpie !

— Il... euh... il est mort ? s'inquiéta Charles en bégayant.

— Ouais, ils disent que quelque chose l'a effrayé et qu'il est tombé.

Charles sentit un frisson l'envahir comme si une main invisible tirait doucement les poils de son bras.

— Julien ? dit-il à voix basse. Tu dis ça sérieusement ?

— Je sais ! Je sais ! Je n'y croyais pas non plus, dit-il en secouant la tête fébrilement. Mais il ne s'est pas montré à l'école ce matin, et ensuite monsieur Caron est venu nous annoncer que Julien avait été trouvé... mort!

Toute la journée, Charles écouta les gens commenter la mort de Julien et, à mesure que le temps passait, il se mit à paniquer. « Serait-ce possible ? »

Il eut du mal à se concentrer pendant les cours et fut presque surpris d'entendre la cloche sonner à la fin de la journée. Marc-André et sa mère le raccompagnèrent et, une fois arrivé, il se précipita dans la maison. Il claqua la porte derrière lui et plongea sur le divan.

« Se pourrait-il que ?... Non! Impossible ! » Il enfouit sa tête dans ses mains et essaya de se convaincre qu'il n'avait rien à voir avec la mort de Julien ni avec celle de madame Tessier.

Ses pensées allaient bon train. Il ne pouvait s'empêcher de songer à une émission de télé qu'il avait vue un jour, où il était question d'un homme ayant des problèmes de mémoire. À la fin du film, l'homme découvrait que, pendant ses pertes de mémoire, il tuait des gens. « M'arrive-t-il la même chose ? » se demanda Charles tout haut.

« Non, c'est impossible. » Madame Tessier était morte dans un accident de voiture. Et à propos de Julien... d'accord, il avait simplement pensé qu'il méritait une punition. Mais il n'avait absolument rien à voir avec cette histoire... Julien avait été victime d'un accident au zoo.

« Ce n'est qu'une coïncidence », se dit Charles enfin convaincu. Un peu réconforté, il alla faire ses devoirs dans sa chambre.

Le mois s'écoula sans incident. La mère de Charles s'absenta pour aider sa sœur qui était à l'hôpital. Les soupçons de Charles, selon lesquels il serait un fou meurtrier tuant les gens qu'il n'aimait pas, s'estompèrent peu à peu. Il se mit plutôt à penser à la fête d'anniversaire de Diane qui devait avoir lieu à la fin du mois. Tous les élèves de cinquième y étaient invités et cette fête serait sans aucun doute l'événement du semestre.

Le vendredi, veille de la fête, tous se préparèrent à se rencontrer le lendemain. Charles rentra chez lui et fit tous ses devoirs de sorte qu'il n'ait plus à s'en préoccuper pendant la fin de semaine. Puis, son père n'étant pas encore arrivé, il se prépara un sandwich. Minuit entra sans se presser dans la pièce, et Charles s'amusa à courir après lui dans la cuisine. Le chat fila dans le salon où s'engagea une folle poursuite. Il bondit soudain à toute allure vers l'entrée, mais Charles, dans sa course, heurta violemment le coin de la vitrine de son père. Il cria, trébucha, puis se mit à saigner comme il entendait un bruit de verre brisé.

Il se tourna lentement. Le meuble reposait sur quatre pieds délicats et avait deux portes vitrées. Son père y rangeait sa collection d'anciens appareils photo. La vitrine gisait maintenant renversée, et Charles, soudain pris de nausée, sut ce qu'il trouverait lorsqu'il la redresserait.

En effet, les portes vitrées avaient volé en éclats lorsque le vieux projecteur les avait heurtées en tombant. Mais Charles ne savait pas si les appareils et le projecteur étaient détruits eux aussi, ou non. Il fit de son mieux pour nettoyer les dégâts puis, fou d'inquiétude, il attendit l'arrivée de son père.

Celui-ci remarqua les dommages dès l'instant où il mit le pied dans la maison.

— Que s'est-il passé ici? demanda-t-il d'une voix dangereusement calme.

— Je suis désolé, papa. Je courais après Minuit, j'ai trébuché et j'ai heurté le meuble. C'était un accident!

Son père alla, sans un mot, inspecter sa collection. Il se tourna alors vers Charles.

— Tu le sais, pourtant.

Charles baissa la tête. C'était le moment critique — il savait qu'il était interdit de courir dans le salon.

— Oui, admit-il.

— Oui, tu le sais, dit son père en secouant la tête. Il examina les portes vitrées fracassées.

— Bien, je devrai aller faire couper de la vitre demain. Je verrai alors si je peux réparer ces portes. Et pendant mon absence, je crois que ce sera le moment idéal pour toi de t'asseoir calmement et de réfléchir aux règles que j'ai établies concernant ce que tu dois et ne dois pas faire dans cette maison.

Charles réalisa soudain, saisi d'horreur, ce que son père lui disait.

— Tu veux dire que je suis cloué ici ? demanda-t-il, paniqué.

— C'est exactement ce que je veux dire, oui.

— Mais papa ! Tu ne peux pas... pas demain ! Diane donne une fête demain ! Tout le monde y sera !

— Non, pas tout le monde. Parce que toi, tu resteras ici. Et ne discute pas ! ajouta-t-il en se tournant vers lui.

Charles ouvrit et ferma sa bouche en silence. Il sentit des larmes brûlantes envahir ses yeux. Il savait qu'il était inutile de discuter. Il courut dans sa chambre et se jeta sur son lit.

C'était injuste ! Il n'avait pas eu l'intention de renverser cette stupide vitrine. Ses joues étaient inondées de larmes. Pourquoi son père était-il si méchant ?

Minuit entra dans la chambre et sauta sur le lit, près de lui. Charles le repoussa, en colère.

— Sors d'ici, chat stupide ! Tout ça, c'est ta faute ! dit-il en pleurant vraiment cette fois.

Un peu plus tard, au souper, il tenta de persuader son père de changer d'idée. Il lui offrit de rester à la maison le dimanche plutôt ou, mieux, toute la fin de semaine prochaine. Mais son père resta inébranlable. Charles, maussade, alla se coucher et s'endormit en faisant des plans pour se sauver. Ça apprendrait à son père à ne pas être aussi détestable !

Au beau milieu de la nuit, il entendit un gros bruit sourd. Il ouvrit les yeux et regarda dans la chambre. Il alluma alors sa lampe de chevet.

Minuit avait entrebâillé la porte et entrait furtivement dans la chambre. Charles le regarda, étonné. Par quelque illusion d'optique, Minuit semblait plus grand qu'avant. Charles se souvint alors du bruit sourd. Il se souvint aussi qu'il s'était endormi très fâché contre son père.

Son père ! Peut-être le bruit venait-il de là. Son père avait peut-être un problème ! Il se précipita hors de sa chambre et fouilla la maison comme un fou. Son père était introuvable ! À l'instant où il pensa avoir imaginé ce bruit, Charles aperçut une faible lumière venant du sous-sol. Il courut vers la porte du sous-sol et la trouva grande ouverte. Il s'arrêta en haut de l'escalier et regarda en bas, effrayé à l'idée de ce qu'il pourrait voir.

Son père était là, recroquevillé au bas des marches.

— Papa ! cria Charles angoissé en dévalant l'escalier vers le corps sans vie de son père.

Alors qu'il pleurait sur son père, Charles pris lentement conscience d'un frottement contre sa jambe. Il perçut alors le ronronnement.

— Minuit ! hurla-t-il. C'est toi !

Il essaya d'attraper l'animal sombre, dont la taille avait maintenant presque doublé, mais celui-ci bondit hors de portée en ronronnant furieusement.

— Qu'es-tu donc ? cria Charles, les larmes ruisselant sur son visage.

Il saisit un bâton de base-ball derrière la porte et tenta d'en frapper l'énorme chat.

Minuit fit un bond sur le côté et Charles le manqua. Il haletait de peur et les larmes l'aveuglaient presque, mais il pouvait voir le chat se transformer.

Il se métamorphosait en monstre, se traînant dans un mouvement de va-et-vient, sa queue semblable à un fouet fendant l'air. Et plus il changeait, plus sa taille augmentait.

Charles lança le bâton vers la créature, remonta l'escalier à toute vitesse et claqua rapidement la porte derrière lui, juste avant que le gigantesque chat la franchisse.

Il resta là un moment, cherchant sa respiration et se demandant quoi faire. À l'instant même où il réalisait dans quelle situation il se trouvait, un coup fracassant fit trembler la porte du sous-sol.

Charles sauta en arrière et, à la fois fasciné et terrifié, regarda la porte trembler coup après coup. Puis, telle une scie traversant le bois, une énorme patte noire déchiqueta la porte. Charles recula lentement, désormais incapable de réfléchir. Il observa le grand chat noir essayer de se faufiler par le trou. Il était plus grand et arrivait maintenant presque à la hauteur des épaules de Charles.

Charles se retourna et s'enfuit en courant. Il y eut un rugissement derrière lui et la porte vola en éclats. Il se précipita dans la salle de bains et claqua la porte derrière lui. Une seconde après, le monstre se mettait à la frapper.

Charles s'agrippait frénétiquement à la fenêtre de la salle de bains tandis que le chat assenait de grands coups dans la porte. Soudain, une dernière pensée jaillissant dans son esprit, il se souvint que la fenêtre était munie de barreaux à l'extérieur. Paralysé par la peur, il se tourna vers la porte de la salle de bains au moment où l'épaule du chat la défonçait.

LE CADEAU

Jean poussa un crayon vers les fourmis. Les petits insectes noirs s'agitèrent, courant en petits cercles serrés et se heurtant les uns contre les autres.

Jean gloussa de plaisir et gratta la terre avec son crayon, recouvrant ainsi l'entrée de la fourmilière. Les ouvrières, affolées, se précipitaient tout autour. Jean les observa un instant, puis s'éloigna de sa commode et lança le crayon sur son bureau. Il s'assit tristement sur son lit, le menton calé contre ses mains.

Il entendit soudain frapper à la fenêtre de sa chambre et tourna les yeux dans cette direction.

— Hé! dit Éric, le voisin de Jean, de l'autre côté de la fenêtre. Marc et moi allons au fort, veux-tu venir avec nous?

— Je ne peux pas, dit Jean avec répugnance. Je dois rester à la maison aujourd'hui.

— Pourquoi?

— J'ai été puni.

— Pourquoi? demanda Éric en pouffant de rire.

Jean agita la main vers la fourmilière.

— Mon cousin m'a offert ça pour mon anniversaire, et je lui ai dit que je trouvais ce cadeau stupide. Et maintenant, mon père m'oblige à rester ici en guise de leçon de politesse, soupira-t-il.

Éric éclata de rire avec l'insouciante liberté d'être dehors par une belle journée d'été.

— Bon, eh bien, à plus tard ! dit-il en s'éloignant de la fenêtre.

Jean le regarda dévaler la rue. Ses yeux se portèrent à nouveau sur le cadeau dont il ne voulait pas, posé sur sa commode. Il n'arrivait toujours pas à comprendre pour quelle raison son cousin lui avait offert un tel présent. Une boîte en plastique, peu profonde, remplie de terre et d'un tas de fourmis noires, c'est plutôt idiot comme cadeau. S'il voulait observer les fourmis, il pouvait aller dans le jardin ! Des centaines d'autres choses auraient été plus chouettes à recevoir en cadeau.

Il fixa la fourmilière sur sa commode. «Je devrais tout simplement la jeter», marmonna-t-il entre ses dents. Mais il savait que ses parents seraient d'autant plus furieux s'il faisait une telle chose. Ils seraient capables de lui interdire toute sortie jusqu'à la fin du mois. Il se leva et secoua la boîte. Les galeries faites par les fourmis s'effondrèrent alors dans un nuage de terre.

— Fourmis stupides, dit-il en sortant de sa chambre.

Il essaya de regarder la télévision, mais les émissions l'ennuyèrent très vite. Il sortit un moment dans le jardin, mais s'ennuya très vite là aussi. En temps normal, il pouvait passer des heures dans le jardin à jouer avec sa bande de superhéros — mais pas lorsqu'on l'y obligeait.

Il se traîna jusqu'à sa chambre pour trouver quelque chose à faire. Il plissa les yeux en épiant les fourmis qui s'acharnaient à reconstruire leurs galeries et leur fourmilière. Il secoua à nouveau la boîte en plastique et les fourmis se précipitèrent au secours de leurs semblables prises au piège.

Il décida alors de se préparer un goûter. Tandis qu'il cherchait la moutarde, il eut une idée. Saisissant une bouteille de vinaigre dans le placard, il retourna dans sa chambre et en versa quelques gouttes sur les fourmis.

Le résultat fut plutôt décevant. Les fourmis n'apprécièrent pas, bien sûr, mais elles se contentèrent de déguerpir et entreprirent un étrange rituel qui ressemblait à une tentative de nettoyage.

Jean essaya ensuite des tas d'autres choses. Il allait souffrir d'être enfermé toute la journée, et les fourmis étaient la cause de cette punition. Elles allaient donc lui payer ça. Il leur versa du sel, de l'alcool à friction et de l'eau, mais aucun de ces éléments n'eut d'effet.

Il fit alors quelque chose en sachant très bien que c'était mal. Ses parents le puniraient pendant toute une année s'ils l'attrapaient, mais il fit bouillir de l'eau et la versa sur les fourmis. Elles moururent instantanément. Il prit alors une bouteille de peroxyde dans la salle de bains.

Si l'eau bouillante avait été des plus efficaces, le peroxyde eut un effet des plus impressionnants. Jean en versa l'équivalent d'une cuillère à soupe sur un coin de la fourmilière. Dès que le liquide atteignit les fourmis, celles-ci se mirent à trembler et à danser comme si elles avaient été électrocutées. Elles n'avaient plus aucun sens de l'orientation et couraient en zigzaguant. Leurs pattes semblaient emprunter différentes directions en même temps. Elles formèrent alors un genre de cercle, eurent encore quelques mouvements convulsifs, puis moururent. Jean se dit que c'était génial !

Il passa ainsi quelques heures à torturer les fourmis avant d'en avoir assez. Il sortit alors et trouva son père dans le garage.

— Papa ? dit-il doucement.

Son père le regarda par-dessus son établi.

Jean s'efforça d'avoir l'air le plus humble possible.

— Je sais que c'était méchant de ma part de dire à

Benoît que son cadeau était stupide. J'espérais sans doute autre chose.

Son père s'accouda sur l'établi et l'observa.

— Pourquoi ce changement d'attitude? Tu t'ennuies?

Jean abandonna son air humble.

— S'il te plaît, est-ce que je peux aller chez Éric? Je ne me plaindrai plus jamais du cadeau de qui que ce soit.

Son père jeta un coup d'œil à sa montre et se remit au travail.

— D'accord, dit-il.

Tournant alors la tête, il posa sur lui un regard grave.

— Ne recommence plus! conseilla-t-il d'un ton dans lequel Jean reconnut, pour l'avoir déjà entendu, l'ordre ultime.

— D'accord.

Il sortit du garage à toute vitesse et dévala la rue jusqu'au fort. Il passa le reste de l'après-midi à jouer avec ses amis et ne pensa plus à ses fourmis.

Il rentra à la fin de la journée, juste à temps pour se laver les mains et passer à table. Il alla ensuite prendre une douche. Il ne jeta pas un seul coup d'œil à la fourmilière jusqu'au soir.

Les fourmis avaient été très occupées pendant son absence. Elles avaient à nouveau creusé leurs galeries. Jean observa les petits tunnels et trouva que leur tracé avait quelque chose d'étrange, de familier même.

Il comprit soudain ce qui était si familier. Un frisson glacé envahit son corps et lui coupa le souffle. Il s'approcha, ne pouvant en croire ses yeux.

Les tunnels en impasses et les galeries d'aspect bizarre formaient des lettres! Celles-ci composaient un simple mot: H-A-I-N-E.

Jean ressentit une douleur à la mâchoire et il réalisa combien il serrait les dents. Il fixa les fourmis pendant un moment, puis courut vers la salle de bains. Il attrapa la bouteille de peroxyde sur l'étagère, mais ses mains tremblaient tellement qu'il la laissa tomber.

— Jean ? appela sa mère, occupée dans la cuisine. Que fais-tu ?

— Rien, maman, réussit-il à lui répondre.

Il s'empara vivement de la bouteille et retourna dans sa chambre, se mordant la lèvre pour ne pas hurler.

Le souffle court, il se dirigea vers la fourmilière. Lorsqu'il atteignit l'avant de sa commode, il dévissa le bouchon de la bouteille. Puis, plus déterminé que jamais, il inonda lentement la fourmilière tout entière.

Au fur et à mesure que le liquide mortel s'écoulait sur les fourmis, elles étaient prises de convulsions frénétiques. Leurs corps se tordaient et dansaient sur la terre tandis que le peroxyde envahissait leurs organismes. Jean observa le liquide s'infiltrer dans les tunnels sans éprouver la moindre pitié.

Il frissonna alors et balaya la chambre du regard comme s'il ne la reconnaissait pas. La fourmilière était à moitié remplie de liquide et des centaines de fourmis se débattaient contre la mort.

Il déposa la bouteille en sanglotant, puis, aussi prudemment que s'il s'apprêtait à toucher un chien hargneux, il souleva la fourmilière. La tenant à bout de bras, il traversa furtivement la maison jusqu'aux poubelles rangées dans le jardin, y jeta la fourmilière, puis rentra en courant.

Une fois calmé et son souffle retrouvé, il entra dans le salon.

— Bonne nuit, maman, dit-il en l'embrassant sur la joue. Bonne nuit, papa.

Ses parents lui souhaitèrent bonne nuit, et il retourna dans sa chambre. Il se mit au lit, se cala contre son oreiller et essaya de penser à autre chose qu'à la fourmilière.

Mais il n'y arriva pas. «J'ai dû rêver», se murmurat-il. Il continua à réfléchir, puis sombra enfin dans un sommeil agité.

Il se réveilla soudain au beau milieu de la nuit. Sa peau lui semblait étrange. Il tendit la main et alluma sa petite lampe de chevet.

Lorsque la lumière jaillit, il fut surpris de voir son bras rempli d'un genre de taches noires. Il avait une sensation de brûlure. Alors, subitement pris de vertige, il réalisa que son bras était couvert de fourmis! Comme il tournait la tête pour regarder sa poitrine, sa respiration se transforma en brefs halètements. Une grotesque veste de pyjama composée de fourmis noires couvrait sa poitrine, et chaque insecte mordait furieusement sa chair de ses minuscules mâchoires.

Pris de panique, affolé, Jean essaya de hurler. Mais une vague de fourmis déferla dans sa bouche, le faisant se taire à tout jamais.

CAMPING SAUVAGE

L'autobus démarra, quatorze garçons bruyants à son bord. Alexandre fit un signe de la main à ses parents par la vitre arrière et se glissa entre ses deux amis, Didier et Philippe.

— Vous rendez-vous compte ? dit Didier. Monsieur Roger nous emmène bel et bien en randonnée !

Alexandre et Philippe approuvèrent d'un signe de tête et les trois garçons regardèrent leur professeur de science assis à l'avant de l'autobus.

Monsieur Roger venait tout juste de commencer à enseigner à leur école et il n'était pas très populaire. Presque chauve, seule une frange de cheveux tirant sur le roux garnissait, d'une oreille à l'autre, la base de son crâne. Son ventre énorme semblait toujours vouloir s'échapper de sous sa chemise. Il portait des lunettes en plastique noir épais, et l'un des garçons l'avait vu, un jour, fumer la pipe. Jamais il ne riait ni ne plaisantait en classe. En fait, il ne parlait jamais de rien sinon de science et il se tenait à l'écart lorsqu'il était de surveillance à la cafétéria.

Le voyage dura toute la matinée. Ils s'arrêtèrent, juste après midi, sur un petit terrain de stationnement aménagé très loin dans la forêt. Monsieur Roger fit alors descendre les garçons de l'autobus.

— Nous suivrons ce sentier pendant un peu plus d'un kilomètre, leur expliqua-t-il pendant qu'ils dévoraient leur casse-croûte. Ensuite, à la bifurcation, nous monterons le sentier jusqu'au campement.

Lorsque tout le monde fut prêt, le groupe se mit en route.

Ils arrivèrent un peu plus tard à un petit lac. Il était bordé d'un côté par une prairie dont l'herbe était parsemée de petites fleurs blanches. Le reste du lac était entouré de pins.

Monsieur Roger guida les élèves jusqu'à la prairie où ils se débarrassèrent avec joie de leurs sacs à dos.

— Bien, annonça-t-il. Avant que l'un ou l'autre parte à l'aventure, je veux que vous dressiez vos tentes. Nous ramasserons ensuite du bois pour le feu et nous préparerons le repas.

Alexandre et les autres garçons grognèrent, mais monsieur Roger insista.

Alors qu'ils déroulaient les tentes et triaient les piquets et les cordes, ils perçurent un léger bruit de sabots. Quelques instants après, un homme émergeait de derrière les arbres, à dos de cheval. Il vit les enfants et se dirigea vers eux.

Grand et mince, il était plus jeune que monsieur Roger et arborait un sourire amical. Il portait un jean et une chemise en flanelle verte avec, sur la manche, un écusson du ministère des Ressources naturelles et il avait repoussé à l'arrière de sa tête son chapeau de cow-boy.

— Salut les gars ! leur dit-il en faisant un signe de la main.

— Qui êtes-vous ? lui demanda monsieur Roger en s'avançant.

— Je suis garde forestier. Êtes-vous responsable du groupe ?

Monsieur Roger acquiesça d'un signe de tête. Entre-temps, presque tous les garçons s'étaient massés autour du visiteur et caressaient son cheval.

— Bien, si vous avez besoin de quelque chose, mon poste se trouve là-haut, près du sentier.

Il indiquait l'autre côté du lac, où un sentier longeait un étroit passage qui s'élevait dans la montagne.

— J'ai installé un poste de surveillance des incendies là-haut.

— Monsieur, est-ce un genre de fusil ? demanda Hugues en pointant du doigt un engin noir d'allure futuriste qui dépassait de la sacoche de selle.

— En quelque sorte, oui, dit le garde en riant.

Il fouilla dans le sac et en sortit un objet étrange.

— C'est une arbalète. Comme tu peux le voir, c'est légèrement différent d'un arc. Les arbalètes ont été inventées environ 400 ans après l'arc et les flèches. Il s'agit, en fait, d'un arc posé sur un fût et une crosse, comme ceux d'un fusil.

Il plongea la main dans la sacoche et en tira un objet semblable à un arc, mais plus petit, et dont le bout était pointu au lieu d'être en forme de flèche.

— On utilise ensuite une sorte de flèche spéciale appelée carreau. On le glisse dans cette rainure, sur le dessus de la crosse.

Il plaça le carreau sur l'arbalète.

— On le braque alors comme un fusil et on appuie sur la gâchette.

— Jusqu'à quelle distance pouvez-vous tirer ? lui demanda Didier.

— Environ deux cents mètres, je crois.

— Montrez-nous ! crièrent les garçons.

— Je ne peux pas, dit le garde en riant. Je ne tiens pas à gaspiller mes carreaux sur les arbres et les rochers et, qui sait, je risquerais aussi de frapper un animal dangereux.

Il rangea l'arbalète et saisit les rênes.

— Faites attention à vous, les gars, et amusez-vous bien !

Les garçons le saluèrent, déçus, mais les commentaires allèrent bon train après la visite du garde forestier.

Après un souper composé de hot-dogs et de haricots, monsieur Roger leur fit laver la vaisselle. La nuit tombait rapidement — trop tard pour aller explorer —, mais monsieur Roger faisait un feu de camp et la perspective de faire griller des guimauves en se racontant des histoires effrayantes semblait tout aussi agréable. Ils s'installèrent autour du feu et continuèrent à parler avec agitation du garde et de son arbalète. Puis, au grand étonnement de tous, monsieur Roger se mit à parler.

— Connaissez-vous l'histoire des frères Lothan ?

Ils secouèrent tous la tête.

— Frédéric, Pascal et Olivier étaient frères, commença-t-il. Un jour, Frédéric vint se promener par ici et il aperçut quelque chose qui sortait du sol. Cela ressemblait vaguement à un tronc d'arbre mort tout flétri. Frédéric se mit à creuser pour en avoir le cœur net. Il creusa et creusa, mais, soudain, il recula... horrifié. C'était une tête ! Une vieille tête d'Indien momifiée ! Il réalisa alors qu'il se trouvait dans un ancien cimetière indien. Les Indiens, voyez-vous, parcouraient ces montagnes où nous sommes bien avant l'arrivée de l'homme blanc.

Alexandre constata avec surprise que monsieur Roger était un excellent conteur d'histoires. Tous les garçons gardaient le silence, écoutant attentivement comment la momie avait été déterrée, emportée jusqu'au fort secret des trois frères, comment elle ressuscita et tua Frédéric.

— Les deux plus jeunes frères, Olivier et Pascal, tentèrent de s'enfuir, continua monsieur Roger. Mais la momie s'empara de Pascal et l'éleva au-dessus du sol. Pascal se débattit de toutes ses forces, mais il ne put se dégager. Sous les yeux horrifiés d'Olivier, la momie plongea la main dans la poitrine de Pascal et lui arracha le cœur. Olivier fonça vers la porte et descendit la montagne en courant à toute allure. Il réussit à s'échapper, mais il ne sut jamais ce qu'était devenu le monstre. Il n'est plus jamais revenu dans ces montagnes.

Alexandre frissonna. Monsieur Roger leur avait raconté une histoire sensationnelle ! Les autres garçons semblaient tout aussi étonnés que lui.

Monsieur Roger les regarda et sourit.

— Bien, messieurs, dit-il en se levant, il est l'heure d'aller se coucher.

Il les observa pendant qu'ils se préparaient.

— Et n'allez pas vous balader au beau milieu de la nuit ! ajouta-t-il en guise d'avertissement comme ils se glissaient sous leurs tentes.

Le lendemain matin, il faisait beau et chaud. Lorsque Alexandre eut fini de s'habiller, plusieurs garçons étaient debout. Monsieur Roger avait déjà allumé un feu et il servait le déjeuner.

— Martin, dit-il, peux-tu aller réveiller Charles, s'il te plaît ? Dis-lui qu'il risque de ne pas avoir de déjeuner s'il ne se dépêche pas.

Martin se dirigea vers la tente et en souleva la toile.

— Monsieur Roger ! Il n'est pas là ! cria-t-il en se tournant vers les autres.

Monsieur Roger se leva et s'approcha, suivi par le reste du groupe. Le sac de couchage de Charles était ouvert, mais il n'y avait aucune trace du garçon.

Monsieur Roger balaya la clairière du regard et appela :

— Charles ! Charles !

Tous les autres garçons se mirent, eux aussi, à appeler Charles. Mais il n'y eut pas de réponse.

Monsieur Roger se tourna vers ses élèves.

— Bien. Allez laver vos assiettes, nous nous séparerons ensuite en groupes de deux.

Ils firent ce qu'il avait dit en deux temps, trois mouvements. Un garçon, Philippe, resta seul.

— Philippe, tu restes avec moi, dit calmement monsieur Roger. Que tous les autres groupes se séparent et cherchent Charles autour du lac. Si vous le trouvez et s'il est blessé, l'un d'entre vous reste auprès de lui, et l'autre revient ici me chercher. C'est compris ?

Les garçons hochèrent la tête.

— Ne vous éloignez pas trop surtout, les mit-il en garde. Observez bien dans quelle direction vous allez pour retrouver le chemin du campement.

Alexandre et Didier décidèrent d'aller de l'autre côté du lac. Ils cherchèrent pendant plus d'une heure, sans succès. Lorsqu'il fut presque dix heures, ils se dirent qu'il valait mieux retourner au campement. Monsieur Roger était là, et les autres garçons aussi. Aucun d'entre eux n'avait trouvé trace de Charles.

— Hé ! monsieur Roger ! Où est Philippe ? demanda Didier.

Monsieur Roger le regarda étrangement.

— Il est parti vous rejoindre, toi et Alexandre. Il n'est pas avec vous ?

Didier et Alexandre secouèrent la tête. Alexandre eut très froid, tout à coup. Les autres garçons restaient silencieux. Jean leva alors lentement la main.

— Monsieur Roger, dit-il doucement. Croyez-vous qu'il leur soit arrivé malheur ?

C'était exactement ce à quoi Alexandre pensait, mais il taquina Jean avec le reste du groupe.

— Que crois-tu donc ? Qu'un monstre l'a dévoré ? dit-il en riant nerveusement.

Monsieur Roger leva la main.

— Calmez-vous un peu !

Puis, se tournant vers Jean :

— C'est une très bonne question. Mais comme je n'en suis pas sûr, je vous demande à tous de rester ici pendant que j'irai jusqu'au poste du garde forestier demander de l'aide par radio.

Il regarda chacun des garçons.

— Restez ensemble, c'est bien compris ? Je devrais être de retour d'ici deux heures.

Ils hochèrent tous la tête, en silence. Monsieur Roger prit un petit sac à dos et se mit en route. Dès qu'il fut hors de vue, ils se bombardèrent de questions fiévreuses.

— Je me fiche de ce que vous pensez, les gars, dit Jean en élevant la voix. Mais c'est étrange.

— Oh ! arrête ! lui répondit Denis. Charles est probablement tombé en bas de la montagne !

— Mais, et Philippe ? demanda Didier.

— Qui sait, répondit Hugues. Il est peut-être allé voir le garde forestier. Il s'est peut-être perdu.

— Perdu ? hurla Alexandre. Comment pourrait-on se perdre en faisant le tour d'un lac ?

— Qu'est-il arrivé alors ? hurla Hugues à son tour.

Tous les garçons se mirent à hurler. La voix de Martin vint les interrompre.

— Et si c'était monsieur Roger, le responsable ? demanda- t-il.

Alexandre sentit un frisson le parcourir. Il souhaita que cette question n'ait jamais été posée. Tous les élèves fixèrent Martin.

— Pourquoi pas? continua-t-il. Avez-vous remarqué son regard lorsque je lui ai annoncé que la tente de Charles était vide? Il n'était même pas surpris!

Il regarda autour de lui.

— Il n'est peut-être même pas allé au poste de garde. Il est peut-être quelque part à cet instant, en train de nous surveiller.

— C'est impossible! hurla Alexandre. C'est ridicule! Monsieur Roger est un prof!

— Ah! oui? Et depuis combien de temps? demanda Denis. Il n'est à l'école que depuis un semestre. Il peut être n'importe qui!

— C'est vrai, acquiesça Didier en se tournant vers Alexandre. Rappelle-toi. Philippe pensait qu'il n'était pas du genre à vouloir aller camper. À moins, ajouta-t-il lentement, à moins qu'il soit venu ici dans un tout autre but que celui de camper.

Alexandre secoua violemment la tête. Ses amis émettaient de solides hypothèses, mais il n'arrivait toujours pas à y croire.

— Et pourquoi aurait-il attendu jusqu'à maintenant pour tuer l'un d'entre nous? interrogea Denis.

Alexandre se sentit soulagé d'entendre quelqu'un prendre la défense de monsieur Roger.

— Et pourquoi de cette façon? continua Denis. Que feront les gens lorsqu'à notre retour ils remarqueront l'absence de deux enfants? L'école sera envahie de policiers!

— Qui dit que nous retournerons chez nous? demanda Jean calmement. Peut-être qu'aucun d'entre nous ne partira d'ici. Et monsieur Roger se présentera tranquillement dans une autre école.

Alexandre ne savait plus s'il devait rire, hurler ou pleurer. Il respirait avec difficulté et se sentait envahi par une sueur froide. Il jeta un coup d'œil autour de lui.

— Que faisons-nous, alors ? demanda-t-il.

Comme personne ne répondait, il continua :

— Nous partons ? Et si ce n'est pas monsieur Roger, qu'arrivera-t-il ? Que se passera-t-il s'il revient avec le garde forestier et que nous sommes tous partis ? Et si Philippe revient et voit qu'il n'y a plus personne, que fera-t-il ?

— Mais si c'est bien monsieur Roger, le responsable de ces disparitions ? ajouta Alain. Allons-nous rester assis là à attendre qu'il nous abatte ?

L'air vibra à nouveau de douze voix agitées. Didier entraîna Alexandre à l'écart.

— Alex, que se passe-t-il réellement, d'après toi ?

— Je... je ne sais pas. Monsieur Roger nous a conduits jusqu'ici.

Alexandre observa leurs amis. Ils paraissaient tous effrayés. Martin semblait sur le point de pleurer, et lui-même se sentait au bord des larmes. Il se tourna vers Didier et lui demanda en chuchotant :

— Crois-tu que nous devrions aller nous-mêmes jusqu'au poste du garde forestier ?

Didier le dévisagea.

— Es-tu devenu fou ? répondit-il enfin.

— Je ne vois pas ce que nous pourrions faire d'autre ! Je pense qu'en y allant tous les deux, tout ira bien.

Didier y réfléchit, puis poussa un grand soupir.

— D'accord, dit-il. Allons-y.

Ils annoncèrent aux autres leur intention d'aller

chercher de l'aide au poste de garde. Un grand silence suivit, mais personne ne proposa de les accompagner.

— L'un de vous deux sait-il au moins comment aller jusque-là? demanda enfin Denis.

— Bien, le garde forestier a dit de remonter le sentier jusqu'au bout du lac, dit Alexandre. Je suppose que nous n'avons qu'à le suivre jusqu'au poste.

Alexandre et Didier se mirent en route. Ils contournèrent le lac, puis, Didier en tête, ils commencèrent à grimper.

Le long du sentier, les arbres étaient hauts et touffus, et le soleil de l'après-midi filtrait à peine entre les aiguilles des pins. Ils marchaient en silence. Alexandre regardait à peine le sentier. Il passait son temps à tourner la tête d'un côté puis de l'autre, essayant de regarder dans une centaine de directions à la fois.

— Le poste est-il encore très loin? demanda-t-il au bout d'un moment.

— Je ne sais pas, haleta Didier. Il voulait peut-être dire que ce n'était pas loin à dos de cheval.

Alexandre leva les yeux vers le ciel.

— J'espère simplement que nous le trouverons avant la nuit.

— Qu'arrivera-t-il si nous ne le trouvons pas? s'inquiéta Didier. Que se passera-t-il si nous en sommes encore loin et si monsieur Roger nous suit depuis notre départ?

— Tais-toi! siffla Alexandre. Je pense...

Didier ne sut jamais à quoi pensait Alexandre, car, à cet instant, ils perçurent un bruit. Ils se figèrent et tendirent l'oreille.

Le bruit se fit entendre à nouveau. Quelqu'un, ou quelque chose, descendait le sentier! Les deux garçons restèrent immobiles pendant un moment, paralysés par la peur. Puis, ils se précipitèrent presque en même temps et se cachèrent derrière les arbres qui bordaient le chemin.

Le bruit de pas se rapprochait. Depuis sa cachette, Alexandre jeta un coup d'œil vers Didier dont les yeux s'écarquillaient d'horreur. Son visage était inondé de larmes.

Une forme surgit alors de l'obscurité. Il fallut un moment à Alexandre pour le réaliser, mais il ressentit un tel soulagement qu'il se crut sur le point de tomber. C'était le garde forestier!

Les garçons sortirent de leur cachette et bondirent sur le sentier. Le garde s'arrêta, l'air étonné. Son arbalète dans une main, il portait un sac sur son dos.

— Monsieur le garde! hurla presque Alexandre. Si vous saviez comme je suis content de vous v...

Sa voix s'éteignit dans sa gorge nouée par la peur. Le garde se mit alors à sourire.

— Hé! dit Didier derrière lui. Ça ressemble au sac de monsieur Roger!

La forêt tout entière semblait immobile tandis qu'Alexandre regardait une petite goutte de sang s'échapper de l'arbalète chargée et couler vers le sol.

MURMURES

Anne était étendue sur son lit, les draps remontés jusque sous son menton. Ses oreilles semblaient vouloir se détacher de sa tête tant elle écoutait fort. Ses yeux fixaient l'obscurité de sa chambre.

Puis, elle l'entendit à nouveau. Un murmure aigu qui semblait sortir des murs qui l'entouraient.

— Anne, chuchotait la voix. Aide-moi.

Anne gémit et enfouit sa tête sous la couverture. Après un moment de réflexion, elle ressortit la tête pour regarder la chambre. Puis, exactement comme la nuit dernière, elle perçut autour d'elle des sanglots légers comme un souffle. Mais la veille, elle s'était ruée dans la chambre de ses parents et avait passé la nuit dans leur lit, blottie entre eux. Elle avait alors découvert que, pour une quelconque raison, ils ne pouvaient entendre la voix.

Ce soir, elle demanda doucement :

— Qui êtes-vous ?

Les sanglots s'arrêtèrent. Anne cessa de respirer et attendit une réponse.

— Aide-moi, supplia à nouveau la voix.

— Où êtes-vous ? demanda Anne légèrement plus fort.

Pas de réponse. Elle attendit, mais rien ne vint. Toujours effrayée, mais aussi un peu déçue, elle s'endormit.

Le lendemain, elle entraîna son amie Laurence à l'écart, dans la cour de l'école.

— Ma chambre est hantée, lui annonça-t-elle brusquement.

Laurence la dévisagea.

— Que veux-tu dire ?

Anne jeta un coup d'œil par-dessus son épaule pour s'assurer qu'il n'y avait personne autour.

— Les deux dernières nuits, murmura-t-elle, j'ai entendu une voix qui venait de mes murs.

Laurence en resta bouche bée.

— Quoi ? dit-elle en regardant Anne comme si elle parlait une langue étrangère.

— Je sais que ça a l'air bizarre, mais je te jure ! La voix est très douce, c'est comme une plainte. On dirait une voix d'enfant.

— Que dit-elle ?

— Elle me demande de l'aider.

— Quoi ?

Anne leva les mains.

— Je sais ! Elle n'arrête pas de dire « Aide-moi », fit-elle en imitant le chuchotement. Et elle connaît mon nom. Je commence vraiment à avoir peur.

— En as-tu parlé à tes parents ?

— Non, dit Anne en secouant la tête. Enfin, j'ai essayé, mais ils ne peuvent pas l'entendre. Les enfants sont peut-être les seuls à pouvoir l'entendre. De plus, je ne suis même pas sûre qu'elle soit réelle.

Elle regarda son amie, désespérée, souhaitant que Laurence lui dise qu'elle n'était pas en train de devenir folle.

Laurence se contenta de secouer la tête et de la regarder, perplexe.

— Je veux que tu m'aides à découvrir de quoi il s'agit, continua-t-elle.

— Moi? s'écria Laurence en reculant. Comment?

— J'ai déjà demandé à maman si tu pouvais venir dormir à la maison ce soir. Si tu restes, nous saurons alors si tu l'entends, toi aussi.

Laurence regardait autour d'elle comme si elle cherchait à fuir.

— Je ne sais pas, Anne.

— Je t'en prie! Tu es ma meilleure amie!

Laurence réfléchit un moment.

— D'accord, accepta-t-elle avec peine. Mais j'espère que nous n'entendrons rien!

Cette nuit-là, les deux filles se blottirent ensemble sous la couverture d'Anne.

— Qu'est-ce que c'est, d'après toi? demanda Laurence.

Anne se mit à réfléchir.

— Je crois que c'est le fantôme d'un pauvre enfant qui serait mort ici.

— La maison a peut-être été construite sur un ancien cimetière indien, comme dans le film *Poltergeist*, suggéra Laurence.

— Cette voix pourrait-elle appartenir à la maison elle-même? demanda Anne.

Leurs chuchotements agités se transformèrent rapidement en bâillements au fur et à mesure que la nuit s'épaississait. Anne avait bien essayé de tenir Laurence éveillée, mais sans succès.

À moitié endormie, elle fixait le plafond. «Je ne sais pas si je tiens ou non à entendre encore la voix, se dit-elle. Mais s'il s'agit du fantôme d'une malheureuse petite fille, comme moi, peut-être.»

— Anne, appela la voix. Aide-moi.

Anne ouvrit les yeux brusquement et elle secoua l'épaule de Laurence. Son amie se retourna et se mit à parler. Anne mit vite sa main sur la bouche de Laurence et posa un doigt de son autre main sur ses lèvres.

— Aide-moi ! implora la voix.

Les yeux de Laurence étaient si exorbités qu'Anne crut qu'ils allaient sortir de sa tête. Elle s'assit et éloigna la main d'Anne.

— D'où vient cette voix ? souffla-t-elle.

Elle était si effrayée que sa voix était presque aussi aiguë que celle du fantôme. Anne secoua la tête frénétiquement. Elle approcha sa bouche de l'oreille de Laurence.

— Je n'en sais rien.

Elles tendaient toutes deux l'oreille.

— Aide-moi, pleurait la voix qui se mit alors à sangloter.

— Viens, murmura Anne. Allons vérifier si nous pouvons l'entendre ailleurs dans la maison.

— Es-tu folle ? siffla Laurence.

— Viens, la pressa Anne.

Elle se glissa hors du lit et en extirpa pratiquement Laurence.

— Anne, je ne crois pas que ce soit une bonne idée.

Anne lui fit signe de se taire. Ça devenait plus intéressant qu'effrayant. Peut-être réussiraient-elles à résoudre un ancien mystère. Elles se faufilèrent dans le couloir. Les sanglots semblaient plus forts à cet endroit.

— Tes parents n'entendent-ils rien de ça ? demanda Laurence.

— Non, dit Anne en entraînant derrière elle son amie dans le couloir.

Lorsqu'elles s'approchèrent de la cuisine, les sanglots devinrent encore plus forts. Ils ne semblaient plus provenir des murs, mais plutôt du plancher juste sous elles. Anne fit soudain volte-face et regarda Laurence.

— Je sais d'où vient cette voix !

— D'où ?

— Du sous-sol !

Laurence fixa le plancher.

— Devrions-nous le dire à tes parents ?

Anne réfléchit à la question. Vivre une aventure était une chose, mais avoir des problèmes — et elles en auraient si elles réveillaient ses parents — en était une autre. Il serait beaucoup plus excitant de résoudre le mystère elles-mêmes.

— Allons simplement jeter un coup d'œil, décida-t-elle enfin. Si ça semble dangereux, nous irons alors chercher maman et papa.

Laurence observa son amie.

— D'accord, acquiesça-t-elle au bout d'un moment. Je ne peux pas croire que nous allons faire une telle chose ! ajouta-t-elle en secouant la tête.

Elles se faufilèrent dans la cuisine jusqu'à la petite salle de lavage. Anne saisit une lampe de poche dans l'un des tiroirs et entraîna Laurence jusqu'à la porte du sous-sol. Avec une grande inspiration, elle ouvrit la porte et alluma la lampe.

Les sanglots semblaient remplir la pièce. Ils étaient sans aucun doute beaucoup plus forts ici que partout ailleurs dans la maison.

Anne alluma la lumière du sous-sol. Sous l'éclat aveuglant de l'ampoule nue, les sanglots s'arrêtèrent. Anne et Laurence scrutèrent la pièce du haut de l'escalier. Il n'y avait là rien qui sorte de l'ordinaire. Une longue table s'étendait le long du mur, où le père d'Anne rangeait tous ses outils. Il y avait, tout près du chauffe-eau dans l'un des coins, une penderie en cèdre où sa mère entreposait de vieux vêtements. La fournaise emplissait l'autre coin.

Anne avança encore de quelques marches et regarda autour d'elle. Elle leva les yeux vers Laurence, puis descendit jusqu'au sous-sol. Le plancher était composé de longues planches de bois posées à même la terre battue.

— Il n'y a rien ici, annonça-t-elle d'un air étonné.

— En es-tu sûre? s'inquiéta Laurence toujours dans l'escalier.

— Oui, assura Anne en hochant la tête. Allons, descends!

Laurence descendit avec prudence l'escalier qui menait au sous-sol.

— Le bruit semblait vraiment venir d'ici.

Anne se tourna pour lui répondre.

— Oui, ça vient...

— Aide-moi! interrompit la voix.

Elle avait raison! Il y avait bien quelqu'un ici! Le cœur d'Anne battait à tout rompre. Elle remarqua à peine que Laurence était sur le point de hurler.

— Aide-moi, Anne! suppliait la voix d'enfant.

La voix venait de sous le plancher! Mais comment quelque chose aurait pu vivre là-dessous? Y avait-il une cave?

— Anne! avertit Laurence la voix brisée. N'y va pas!

— Regarde! lui dit-elle en fronçant les sourcils et en pointant du doigt les planches de bois. Je te parie que quelqu'un est enterré là-dessous. Maintenant, cet être a besoin d'aide. Il lui faut une sépulture décente.

Laurence fut prise de nausée.

— Anne! supplia-t-elle son amie. Allons chercher tes parents. Ou la police. N'importe qui!

Elle se mit à remonter l'escalier. Mais Anne était trop excitée pour s'arrêter. Elle se sentait comme un détective sur le point de résoudre une affaire importante. Elle se dirigea à grands pas vers les outils de son père et s'empara d'un marteau et d'un ciseau. Elle leva les yeux vers Laurence.

— Tu n'es pas obligée de rester si tu as peur. Mais ferme la porte derrière toi pour que je ne réveille pas mes parents.

Laurence grimpa l'escalier et ferma la porte. Elle resta sur les marches, trop inquiète pour abandonner son amie.

Anne attaqua les planches devant l'escalier. Elle inséra le ciseau entre deux planches puis, à l'aide du marteau, réussit à soulever l'une d'elles. Un espace sombre apparut.

Elle s'assit et examina le trou. Désirait-elle vraiment continuer ? Elle saisit alors la lampe de poche et la braqua dans l'ouverture.

Une petite tombe peu profonde avait été creusée sous les planches. Le corps momifié d'un petit enfant y était blotti.

— J'avais raison ! lança Anne d'un ton triomphant en levant la tête vers Laurence.

Laurence regarda Anne d'un air inquiet. Elle entendit un bruit sec, comme deux feuilles de papier frottées l'une contre l'autre. Le souffle coupé, elle vit alors un bras sombre, à moitié décomposé, jaillir du trou ! Laurence sentit son estomac remonter lorsqu'elle vit la chose entraîner dans le trou, avec une force incroyable, son amie qui se débattait.

Terrifiée, elle réalisa soudain avec horreur que lorsqu'une créature appelle à l'aide, c'est peut-être parce qu'elle a faim. Alors, incapable de la moindre pensée, elle s'assit sur les marches et se mit à hurler.

JEUX D'OMBRES

David se tenait au milieu de sa nouvelle chambre, regardant toutes les boîtes en carton. Il en frappa une du pied. Il ne s'était toujours pas habitué à ce déménagement. En fait, il avait souhaité que son père n'obtienne jamais ce nouveau poste.

— David, ne reste pas planté là, lui dit sa mère sur le pas de la porte. Commence donc à ranger tes affaires.

David ouvrit la boîte la plus proche et en sortit quelques vêtements. Il savait que ses parents étaient enchantés de cette nouvelle maison. Il essaya donc de ne pas être trop fâché. Mais ce n'était pas juste. Il ne reverrait plus jamais ses amis, et qui sait à quoi ressembleraient les enfants à sa nouvelle école?

Il finit de déballer ses affaires et décida de sortir. Le jardin où il pourrait jouer devant la maison constituait le seul attrait de cette nouvelle demeure. La pelouse était en effet assez étendue et une haie la bordait de chaque côté. Du lierre et quelques arbustes décoraient la façade de la maison. «Il doit y avoir de belles araignées cachées dans ce jardin», se dit-il en fourrageant dans le lierre.

— Que fais-tu? fit une voix derrière lui. David se redressa, se tourna et vit un garçon sur le trottoir. Il avait arrêté son vélo et observait David.

— Je fouine un peu, répondit David.

— Je m'appelle Vincent. J'habite là-bas, dit-il en indiquant le bout de la rue. Et toi, quel est ton nom?

— David.

— C'est ta maison ?

— Ouais. Nous venons d'emménager.

— C'est dommage, murmura Vincent en secouant la tête.

Choqué, David le regarda.

— Que veux-tu dire ?

Vincent eut, à son tour, l'air choqué.

— Tes parents ne t'ont-ils rien dit ?

David secoua la tête. Vincent posa son vélo par terre et vint s'accroupir près de lui.

— La famille qui habitait ici avant vous a disparu sans laisser de traces ! souffla-t-il.

— Quoi ? dit David, incrédule.

Il fixa Vincent du regard, certain de le voir éclater de rire d'un instant à l'autre. Mais Vincent se contenta de hausser les épaules.

— Personne ne comprend. Il y avait une femme, son mari et leur fils. Ils ont habité ici pendant dix ans. Une famille bizarre. Vraiment misérable.

— Mais, où sont-ils allés ?

Vincent haussa à nouveau les épaules.

— Une nuit, nous avons essuyé une énorme tempête. Je m'en souviens parce que je croyais que le toit de notre maison allait s'envoler. Il y avait du tonnerre, des éclairs, et il pleuvait à boire debout. Il y a eu une panne d'électricité aussi.

— Oui, dit David avec impatience. Et alors ?

— Le lendemain matin, la tempête s'était calmée. Mais la porte d'entrée de cette maison était grande ouverte. Mon père et quelques autres adultes sont venus jeter un coup d'œil. Il n'y avait personne dans la maison !

David se rassit, pensif.

— Et alors ? Ils ont dû partir en vacances et auront oublié de fermer la porte.

— Ah ! oui ? dit Vincent en se redressant, l'air furieux. Eh bien, ils ne sont jamais revenus, et leur voiture était toujours ici !

Au même moment, ils entendirent tous deux la mère de Vincent qui l'appelait.

— Je dois y aller. Bonne chance ! souhaita-t-il à David en enfourchant son vélo et en s'éloignant.

Ce soir-là, au souper, David demanda à ses parents s'ils savaient ce qu'étaient devenus les anciens propriétaires de la maison.

— Non, dit son père. Qu'as-tu entendu dire ?

— Un garçon qui habite plus bas dans cette rue m'a dit qu'une nuit la famille est partie et n'est plus jamais revenue.

David aperçut ses parents échanger un regard, puis détourner les yeux rapidement.

— David, lui dit son père, la dame qui nous a vendu la maison nous a dit qu'ils avaient déménagé.

— Qu'arrivera-t-il s'ils reviennent et veulent entrer dans leur maison ?

— Ne crains rien. Cette maison est à nous maintenant, dit son père en souriant.

Un peu plus tard cette nuit-là, après être allé se coucher, David entendit sa mère et son père discuter dans le salon. Il sortit doucement de son lit et se faufila dans le couloir.

— ... ne t'inquiète-t-elle pas ? disait sa mère.

— Je suis sûr que ça n'ira pas plus loin, répondit son père.

— Mais qui sait ce que raconteront ces enfants à David ?

— Chérie, répondit son père. Je doute sincèrement que les pères de ces enfants soient rentrés chez eux et leur aient expliqué que du sang avait giclé un peu partout!

— Chuttt! David risque de t'entendre!

— D'accord, dit son père à voix basse. Écoute, je crois qu'il n'y a vraiment pas de quoi s'inquiéter. Je suis certain que David n'apprendra rien d'autre à propos de cette maison.

— J'espère que tu as raison.

Ils se turent et allumèrent la télévision un instant après. David retourna discrètement dans sa chambre et s'étendit sur son lit. Ses idées allaient bon train. Du sang? Génial! Quel mystère! Cette maison pourrait devenir intéressante, après tout! Que s'était-il passé ici? Il tourna les yeux vers le coin sombre de sa chambre et se mit à penser aux vieux films d'horreur qu'il avait vus.

«Mais, qu'est-ce que?...»

David crut voir quelque chose bouger dans l'obscurité. Sa respiration s'arrêta alors qu'il tentait de se convaincre qu'il n'avait rien vu du tout. Il avait cru que ce coin était vide. Ne l'était-il pas lorsqu'il s'était couché? Il s'assit lentement, scrutant le coin du regard. Il pouvait entendre la télévision dans l'autre pièce.

Il l'aperçut alors à nouveau. Quelque chose bougeait dans le coin sombre de sa chambre. Mais il n'y avait rien à cet endroit. Y avait-il quelque chose? Non, c'était plutôt comme si l'obscurité elle-même se déplaçait! La gorge nouée, il jeta un coup d'œil sur sa table de chevet. Une petite lampe y était posée, à côté de son réveil.

David tendit la main en gémissant et alluma la lampe de chevet. La lumière jaune éclaboussa la pièce, et le coin était... vide! Il regarda tout autour, son cœur battant la chamade. Rien n'était dérangé, il n'y avait rien d'autre dans sa chambre que ce qui devait s'y trouver.

Avait-il vraiment vu quelque chose ? Il examina chaque centimètre de sa chambre pour s'assurer que rien ne s'y cachait. Il revint alors lentement dans son lit et fixa le coin jusqu'à ce que ses paupières deviennent de plus en plus lourdes et se ferment.

Le lendemain matin, son père vint le réveiller. Il éteignit la lampe de chevet tandis que David frottait ses yeux ensommeillés.

— Avais-tu oublié d'éteindre la lumière ? demanda-t-il à David.

— Ah ? oui ! répondit-il. Désolé, papa !

Toute la journée il essaya d'oublier ce qui s'était passé la nuit précédente. «C'était ridicule», se dit-il. Il était pire qu'un bébé. Il n'avait jamais eu peur du noir depuis qu'il était tout petit ! Non, il devait être à moitié endormi et aura imaginé des choses.

Cette nuit, cependant, une fois que ses parents l'eurent bordé, il ne se sentit plus aussi sûr de lui. S'armant de courage, il éteignit sa lampe de chevet et s'assit, calé contre son oreiller. La lumière qui provenait du salon était suffisante pour remplir sa chambre d'ombres pâles. Il balayait la pièce du regard, d'un côté à l'autre.

Sa chambre sembla alors devenir soudainement plus froide. Il y eut un mouvement dans la nuit plus noire que de l'encre, sous son bureau. David posa les yeux à cet endroit. Sa respiration s'accéléra. Il n'y avait rien ! C'était impossible !

Le mouvement se produisit à nouveau. C'était informe, on aurait dit une tache. Ça ne se déplaçait pas comme un animal, ça se coulait plutôt, semblable à de l'eau. De sous le bureau jusqu'au pied de son lit !

David hurla et tendit la main pour allumer la lampe.

L'éclat lumineux fit reculer l'ombre qui, telle une flaque, glissa sur le plancher jusque sous le bureau.

— Qu'y a-t-il, mon chéri? demanda sa mère en se précipitant dans sa chambre.

Son père se tenait à ses côtés.

— Je... je crois avoir vu quelque chose bouger par là, sous le bureau, dit David d'une voix brisée.

Son père alluma le plafonnier, faisant ainsi disparaître les ombres. Il s'agenouilla et jeta un coup d'œil sous le pupitre.

— Il n'y a rien, annonça-t-il.

— L'ombre, insista David. L'ombre se déplaçait.

Sa mère s'assit au bord du lit et caressa ses cheveux.

— Tu auras fait un mauvais rêve, mon chéri.

David ouvrit la bouche pour riposter et réalisa alors que c'était inutile. Ses parents ne le croiraient jamais. Et dans la lumière vive du plafonnier, il n'était pas sûr d'y croire lui-même! Ça semblait pourtant si réel.

— Oui, dit-il. Sans doute. Excusez-moi.

Sa mère lui fit un sourire et se leva.

— Ça va, dit-elle.

Son père se redressa, lui aussi.

— Dors bien, mon grand, lui dit-il en se retournant.

Il éteignit la lumière de la chambre en sortant.

David regarda les ombres réapparaître.

— Papa! Est-ce que je peux laisser la lumière de la chambre allumée? S'il te plaît!

Son père eut l'air ennuyé, mais il ralluma la lumière. Les ombres s'enfuirent.

— Fais de beaux rêves, mon chéri, lui souhaita sa mère.

Puis, ses parents quittèrent la chambre.

Il dormit ainsi, la lumière de sa chambre allumée, pendant quelques nuits. Il savait que ça ne plaisait pas beaucoup à son père. Il les entendit, un jour, parler de sa «peur du noir», dans la cuisine. Ils s'inquiétaient tous les deux à son sujet, et son père pensait que c'était insensé.

David revint lentement vers sa chambre et s'assit sur le lit. Son père avait peut-être raison. Il était trop vieux pour avoir peur du noir. Mais ça semblait trop réel pour être un cauchemar.

Cette nuit, il décida de faire quelque chose à ce propos. Lorsque ses parents vinrent le border, il dit:

— J'aimerais essayer de dormir sans la lumière.

— En es-tu sûr? lui demanda sa mère.

Il hocha la tête.

— D'accord, dit-elle.

Son père se pencha vers lui et lui ébouriffa les cheveux.

— Bonne nuit, dit-il. Tout ira bien.

Ils quittèrent la chambre et David ferma les yeux.

Il émergea soudain d'un profond sommeil. Il ne savait pas ce qui l'avait éveillé. Il se souvint alors: la lumière était éteinte! Un frisson parcourut sa peau comme si de l'eau froide coulait sur lui. Il s'assit sur son lit et regarda vers le coin de sa chambre. Dans la faible lueur provenant de l'éclairage de la rue, il put voir qu'une ombre énorme s'étendait à mi-hauteur du mur.

Elle n'avait pas de forme précise, mais dansait et se déplaçait comme le feraient de grandes flammes noires. La petite voix de son subconscient soufflait à David qu'il ne devait s'agir que de l'ombre de... d'un arbre, ou quelque chose du même genre. Alors l'ombre, comme si elle avait deviné qu'il l'avait vue, se rua vers lui. Il se mit à hurler et se jeta vers sa lampe de chevet. Ses doigts engourdis tâtonnèrent maladroitement l'interrupteur tandis qu'il se débattait pour sortir de sous ses draps. À l'instant où l'ombre atteignait son lit, la lumière jaillit.

Ses parents entrèrent en courant dans la chambre.

— Qu'y a-t-il? demanda sa mère.

Son père se tenait sur le pas de la porte, le visage empreint d'un drôle d'air.

David bredouilla son histoire à travers ses larmes.

— L'ombre! Elle m'a presque attrapé!

Sa mère le prit dans ses bras et tenta de le calmer.

— Tout va bien maintenant. Nous sommes là. Ne t'inquiète pas.

David se demanda s'il était en train de devenir fou. Il savait que ses parents devaient se poser la même question, et il se sentit encore plus malheureux. Il se calma enfin, mais seulement après avoir convaincu ses parents de laisser la lumière allumée avant qu'ils retournent se coucher.

Le lendemain, un jour gris et chargé de bruine se leva, et le mauvais temps empira au fur et à mesure que la journée s'écoulait. Des nuages noirs, épais, obscurcirent le ciel. Le vent se mit à souffler de plus en plus fort, et David regarda son père mettre les meubles de jardin en sécurité dans le garage.

Puis, précédée d'un éclair aveuglant et d'un grondement de tonnerre, la pluie se mit à tomber. D'énormes gouttes tombaient du ciel et venaient s'écraser au sol. Les vitres tremblaient sous chaque rafale de vent, et on aurait dit que quelqu'un les lavait à l'aide d'un tuyau d'arrosage. Le bruit de la pluie battante contre le pavage extérieur était si fort qu'il pouvait être entendu jusqu'à l'intérieur de la maison.

Il faisait noir depuis seize heures. David et sa mère étaient blottis ensemble sur le divan et regardaient la télévision. Son père lisait dans son fauteuil. David était heureux d'être à l'intérieur par un temps pareil. Un éclair illumina le ciel, et le tonnerre qui suivit sembla faire trembler la maison. David s'enfonça un peu plus sous la couverture, près de sa mère. Des rafales de vent secouaient la maison.

Soudain, la pièce devint sombre. David entendit son père marmonner quelque chose.

— Panne d'électricité, dit-il alors plus fort.

Le cœur de David sembla s'arrêter lorsqu'il entendit ces mots. Plus d'électricité! Cela signifiait plus de lumière! Il se serra très fort contre sa mère et souffla:

— Qu'allons-nous faire?

— Tout va bien, David, dit-elle. Nous avons des bougies et une lampe de poche.

David entendit son père se lever.

— Où sont les bougies? demanda-t-il.

— Dans le troisième tiroir de la cuisine, répondit sa mère.

Son père alla les chercher tandis que sa mère tenait David contre elle.

— Tout va bien, David, dit-elle encore.

— Mais les ombres...

Sa mère soupira doucement.

— Écoute. Pourquoi ne dormirais-tu pas avec papa et moi, cette nuit, d'accord?

David, sans défense, se sentit soulagé.

— D'accord, maman.

Son père revenait, une bougie allumée collée dans une soucoupe.

— La lampe de poche est morte, annonça-t-il. Je ne

sais même plus à quand remonte la dernière fois que nous l'avons utilisée.

— Bon, dit sa mère. Pourquoi ne pas aller nous coucher, alors? J'ai dit à David qu'il pouvait dormir avec nous cette nuit.

Le père de David garda le silence.

— Oui, d'accord, dit-il enfin. Allons nous coucher.

Lorsqu'ils passèrent tous les trois devant sa chambre, David y jeta un coup d'œil. Elle était là!

— Maman! souffla-t-il. Regarde! Vois-tu l'ombre en train de bouger?

— Mon chéri, c'est la lueur de la chandelle qui fait ça!

David mordit sa lèvre. Il hocha alors la tête. «Oui, se dit-il, c'est peut-être la chandelle.» Il se précipita ensuite dans la chambre de ses parents.

Son père déposa la bougie sur sa table de chevet. Sa mère en alluma une autre et la posa sur la commode.

— Maman? demanda David. Pouvons-nous laisser une bougie allumée?

Il vit sa mère regarder son père.

— Ne te sens-tu pas en sécurité avec nous? lui demanda-t-elle.

David était au supplice.

—Oui, mais...

Le souvenir de l'histoire de Vincent ne le quittait pas.

— Tu veux bien? insista-t-il, le regard suppliant.

— D'accord, mon chéri. Nous allons en laisser une allumée sur la commode.

— Merci, maman!

David la serra très fort dans ses bras. Il fit ensuite un gros câlin à son père. Une seconde après, son père le serra contre lui.

Ses parents s'endormirent rapidement. Mais David était trop effrayé pour dormir. Étendu là, il surveillait les ombres. Bougeaient-elles à cause de la lueur vacillante de la bougie ? L'éclair occasionnel qui illuminait la chambre les faisait reculer, mais seulement pour un moment. Elles revenaient très vite, dansant et serpentant sur les murs et le plafond. Il regarda aussi longtemps qu'il put, mais ses paupières devinrent lourdes et il s'endormit.

Il y eut un bruit.

— Qu'est-ce que c'était ? demanda sa mère, surprise.

— Je n'en sais rien, dit son père en rejetant les couvertures.

Le bruit avait aussi réveillé David. Ses yeux étaient rivés sur la chandelle. Elle s'était consumée, et la flamme atteignait presque la base, maintenant. Elle commença à crépiter tandis qu'il la regardait. Son père était sorti du lit et enfilait un peignoir. Sa mère le regardait, anxieuse. Les ombres se dressaient au-dessus du lit.

Puis la bougie s'éteignit. David entendit son père jurer en cherchant des allumettes.

— Vite, papa ! essaya-t-il de crier.

Mais seul un murmure franchit ses lèvres.

— Vite ! sanglota-t-il.

Brusquement, une allumette s'enflamma. David vit son père, debout près du lit, qui lui souriait. Mais le sourire de David se transforma en rictus horrifié lorsque les mains de l'ombre de son père vinrent entourer le cou de celui-ci. Son père laissa tomber l'allumette enflammée et s'agrippa aux serres sombres.

David tourna la tête vers sa mère, un hurlement dans la gorge. Sa mère gisait près de lui, une ombre couvrant l'endroit où son visage aurait dû être. Il tourna alors vivement les yeux vers son père et le vit qui pendait maintenant au bout de son ombre.

L'esprit de David semblait prêt à exploser de terreur. Il leva les yeux et se mit à hurler. Dans la dernière lueur de l'allumette moribonde, il vit une ombre de la taille d'un enfant se détacher du plafond et fondre sur lui.

LA MAISON DE POUPÉE

«Personne n'apprécie particulièrement Mélanie. Probablement parce que les gens ignorent tout d'elle», se disait Dominique tandis qu'elles se dirigeaient vers la demeure de Mélanie.

Dominique se souvenait encore de ce premier jour d'école, lorsque Mélanie était entrée dans la classe. Elle avait semblé entrer à pas de loup, comme si elle craignait que quelqu'un la remarque. Une fois à l'intérieur, elle était allée s'asseoir au fond de la classe et n'avait parlé à personne de toute la journée. En fait, si madame Henri, la professeure, n'avait pas placé tous les élèves par ordre alphabétique, Dominique ne lui aurait certainement jamais adressé la parole. Mais comme le nom de famille de Mélanie était Vallée, et celui de Dominique, Waras, elles se retrouvèrent assises l'une à côté de l'autre, à l'arrière de la classe.

La première fois que Dominique avait essayé de parler avec sa voisine, elle n'avait obtenu qu'un maigre succès.

— Bonjour, je m'appelle Dominique, s'était-elle présentée le premier jour.

Mélanie s'était contentée de hocher la tête.

— Bonjour, avait-elle répondu doucement.

Elle n'avait rien dit de plus.

Dominique se prit à sourire en se remémorant tout cela sur le chemin qui menait chez Mélanie. Les choses ne seraient certainement jamais allées plus loin s'il n'y avait pas eu l'éléphant.

Dominique adorait collectionner les objets miniatures. Elle demandait toujours à ses parents de lui acheter des services à thé, des chaises et autres objets absolument minuscules. Un jour, elle avait apporté un petit éléphant sculpté pour le montrer à Sophie, sa meilleure amie, pendant la récréation. Il était en bois, et chaque détail y était parfaitement reproduit, jusqu'aux deux petits trous au bout de la trompe.

Après la récréation, Dominique avait posé la petite sculpture sur son pupitre. La moitié du cours s'était déjà écoulée lorsqu'elle avait remarqué les regards furtifs que lançait Mélanie vers l'éléphant.

Au son de la cloche annonçant le repas de midi, Mélanie s'était tournée timidement vers elle.

— Puis-je voir ton éléphant? avait-elle demandé doucement.

Dominique s'était sentie émue que Mélanie s'ouvre enfin.

— Bien sûr! Mais fais attention. Je viens de le recevoir, et mes parents me tueraient s'il devait lui arriver quelque chose.

Mélanie avait regardé fixement la délicate sculpture qui reposait au creux de sa main.

— C'est magnifique, avait-elle dit.

— Aimes-tu ce genre d'objets? lui avait demandé Dominique.

Mélanie avait acquiescé d'un signe de tête, les yeux toujours rivés sur le minuscule pachyderme.

— J'ai toute une collection d'objets comme celui-ci, avait ajouté Dominique. Mon beau-père m'a rapporté ces splendides miniatures d'Asie. Des villages sculptés dans des coquilles d'œufs, entre autres choses. Si tu veux, tu peux venir les voir chez moi.

Mélanie avait lentement déposé l'éléphant sur le pupitre de Dominique. Elle semblait alors réfléchir à la proposition. Elle avait ensuite levé les yeux vers Dominique et lui avait souri.

— Merci. Ça me plairait beaucoup.

— Bien sûr, aucun problème, avait répondu Dominique en haussant les épaules. Pourquoi pas demain, après l'école ?

Mélanie avait à nouveau souri en se levant.

— D'accord, avait-elle répondu.

Puis, elle était sortie de la classe.

Dominique avait soigneusement enveloppé l'éléphant dans un mouchoir en papier et l'avait rangé dans une boîte d'allumettes. Elle était ensuite sortie manger à son tour.

Son amie Sophie l'attendait, impatiente de lui parler.

— Je n'arrive pas à y croire ! avait-elle dit en désignant d'un signe de tête l'endroit où Mélanie était assise, seule. Tu as vraiment réussi à la faire parler. Qu'a-t-elle dit ?

— Elle a beaucoup aimé mon éléphant, avait alors répondu Dominique, encore un peu surprise de la réaction de Mélanie. Je l'ai invitée à venir voir le reste de ma collection chez moi, demain.

— Et alors ? A-t-elle accepté ?

— Elle a dit que ça lui plairait beaucoup. Je suppose qu'elle doit tout de même demander la permission à ses parents.

— Pourquoi cherches-tu autant à être amie avec tout le monde ? l'avait interrogée Sophie en hochant la tête.

— Je pense que c'est une chic fille. Elle est simplement si timide que même son ombre lui fait peur.

Le lendemain, Mélanie était allée chez Dominique après l'école. Comme les parents de Dominique n'étaient pas à la maison, les deux filles s'étaient préparé un petit casse-croûte, et Dominique avait montré toute sa collection d'objets miniatures — des éléphants et autres animaux aux voitures tirées par des chevaux caracolant — à Mélanie. L'œuf constituait le véritable joyau de sa collection. Un trou y avait été découpé à l'avant, et un minuscule et délicat village sculpté dans l'ivoire y avait été déposé. L'intérieur de la coquille était peint de telle sorte que le village semblait être entouré de montagnes et surmonté d'un magnifique ciel bleu.

— C'est superbe ! avait-elle murmuré.

Elle s'était alors redressée et avait timidement regardé Dominique.

— Je collectionne aussi des objets miniatures.

— Vraiment ? De quel genre ?

— J'ai apporté quelque chose avec moi. Enfin, avait-elle ajouté après une pause, si tu as envie que je te le montre.

— Oh ! oui ! Avec plaisir !

Mélanie avait fouillé dans son sac d'école et en avait sorti une petite boîte en bois. Elle l'avait soigneusement déposée, en position verticale, sur la commode de Dominique.

— Ouvre-la, avait-elle dit à Dominique.

Dominique s'était penchée et avait vu que la boîte sculptée ressemblait à une minuscule garde-robe. Elle reposait sur quatre petits pieds, chacun finement travaillé, et avait un microscopique bouton de porte à l'avant. Dominique, sourire aux lèvres, avait délicatement pincé la poignée entre son pouce et son index pour ouvrir la porte de l'armoire.

— Génial! avait-elle soufflé.

L'intérieur était rempli de toute une collection de vêtements miniatures. Il y avait des pantalons, des chemisiers, des robes toutes simples et d'élégantes tenues. Chaque vêtement était parfaitement confectionné, jusqu'aux boutons si petits que Dominique les devinait à peine. Le bas de la garde-robe était couvert de paires de chaussures. Là encore, chacune d'elles était parfaite, comme si elle allait réellement être portée.

Dominique avait regardé Mélanie, stupéfaite.

— C'est génial! Où as-tu eu tout ça?

— Ça vient de ma maison de poupée, avait-elle expliqué en souriant. J'ai pensé que tu aimerais la voir.

— C'est fantastique! s'était exclamée Dominique en se tournant à nouveau vers les vêtements.

Avec mille et une précautions, elle avait sorti une robe sur son cintre et l'avait examinée. Elle était environ de la même longueur que son doigt et semblait en tout point identique à une robe de grandeur normale, jusqu'à la fermeture éclair à l'arrière. Elle l'avait ensuite remise à sa place, dans la garde-robe.

— Pourquoi n'as-tu jamais rien apporté de tout ça à l'école? Tu pourrais t'y faire quelques amies.

Mélanie rangeait lentement la petite armoire dans son sac.

— Mes amies, ce sont mes poupées, avait-elle répondu doucement.

— C'est stupide! s'était moquée Dominique. J'aimerais être ton amie.

Mélanie avait levé les yeux et un sourire avait illuminé son visage. Elle avait alors très vite baissé les yeux vers ses pieds.

— J'aimerais ça, avait-elle dit. Si tu veux, tu peux aussi venir voir ma maison de poupée.

Il n'avait pas fallu très longtemps à Dominique pour qu'elle se décide. Ses parents n'arriveraient pas à la maison avant deux bonnes heures.

— Est-elle du même genre que cette garde-robe?

— Oh! oui! avait répondu Mélanie en souriant. C'est la plus extraordinaire maison de poupée du monde entier!

— Alors, impossible de refuser! avait dit Dominique en riant.

«Peut-être que cela aidera Mélanie à s'ouvrir un peu plus», se dit Dominique en marchant vers la maison de Mélanie.

Mélanie habitait dans une maison d'allure simple située à côté d'un terrain vague. La pelouse à l'avant de la maison était trop haute et brune avec quelques petites touffes d'herbe verte autour des arroseurs. Quelques maigres buissons poussaient le long de la maison, et des pots de fleurs fanées étaient posés sur le porche. Dominique sourit en elle-même. Sa mère, fanatique du jardinage, tomberait dans les pommes à la vue d'un tel jardin.

Mélanie passa devant elle et déverrouilla la porte d'entrée. Une odeur de moisi s'échappa lorsqu'elle ouvrit la porte.

Une saleté incroyable régnait à l'intérieur. Les stores étaient levés, laissant filtrer les rayons du soleil par les vitres crasseuses. Tout était couvert d'une épaisse couche de poussière, et un tas de plateaux-repas s'empilait sur la table basse, devant la télévision. Des jouets jonchaient le sol.

Dominique jeta un coup d'œil dans la cuisine, à sa droite. C'était encore pire. Des verres et des couverts sales traînaient partout. La poubelle débordait d'ordures, et elle pouvait sentir une légère odeur de pourri.

Elle fronça le nez, dégoûtée. Pas étonnant que Mélanie soit si timide. Ses parents doivent être de vrais porcs ! Elle avait sans doute peur d'inviter des amies chez elle. Elle se tourna vers Mélanie.

— Ta mère et ton père sont-ils au travail ?

Mélanie secoua la tête.

— Non. Tu vas bientôt les rencontrer.

Elle balaya la maison du regard comme si elle remarquait le désordre pour la première fois. Dominique voyait bien que Mélanie était embarrassée.

— Viens, dit-elle rapidement. La maison de poupée est par ici.

Elle entraîna Dominique jusqu'à une petite pièce. Il y avait, en plein milieu, la plus grande maison de poupée que Dominique ait jamais vue. Elle couvrait presque entièrement le plancher et ressemblait à un petit château. Dominique, ébahie, s'approcha.

Une haie d'arbres entourait l'immense jardin. Il y avait aussi une allée circulaire avec un portail à chaque extrémité. Dominique s'agenouilla pour inspecter la maison de plus près. Elle entendit vaguement Mélanie lui dire qu'elle allait revenir. Chaque détail était parfait. Trois petites cheminées en brique sortaient du toit. Quelqu'un avait même pensé à installer des gouttières sur le toit — et elles étaient parsemées de minuscules feuilles !

Dominique s'approcha encore. Un vitrail au dessin compliqué et un heurtoir en bronze ornaient l'impressionnante porte d'entrée. Chaque fenêtre miniature était munie d'un rebord et de volets. La maison était d'un blanc étincelant et les moulures étaient peintes en bleu.

Dominique regarda par l'une des fenêtres. « Une salle à manger ! » souffla-t-elle, émerveillée. La pièce était remplie de meubles semblables à la garde-robe que Mélanie lui avait montrée. Il y avait une table sur laquelle de petites assiettes et de minuscules serviettes avaient été posées pour le repas. Une vitrine semblable à celle de son beau-père se trouvait d'un côté, remplie d'objets si petits qu'elle fut incapable de les identifier.

Elle se déplaça vers la pièce suivante. C'était un salon meublé de façon tout aussi exquise. Et il en était ainsi de toutes les pièces du premier étage. Il y avait même de minuscules miroirs dans les salles de bains !

Dominique se redressa, éberluée. Il n'y avait pas une seule fille à l'école qui ne donnerait sa vie pour posséder une telle chose ! Et elle appartenait à Mélanie qui n'en avait même jamais parlé !

Elle se pencha à nouveau et regarda dans l'une des pièces du deuxième étage. Elle croyait que rien, dans cette maison, ne pourrait plus la surprendre. Elle aperçut alors les personnages. Une femme et un homme parfaitement sculptés étaient assis dans l'une des pièces de l'étage supérieur. L'homme lisait un minuscule journal, et la femme semblait tricoter. Mais cette femme avait quelque chose d'étrange.

Dominique s'approcha encore. Son cœur fit un bond dans sa poitrine lorsqu'elle comprit ce qui était si étrange : les aiguilles à tricoter de la femme bougeaient réellement ! Elle pressait son visage contre la fenêtre, n'en croyant pas ses propres yeux, lorsque la femme tourna la tête et la vit.

La femme laissa tomber son tricot et se leva. Alors, l'homme laissa, lui aussi, tomber son journal et se précipita vers la fenêtre. Dominique se jeta en arrière. Ses idées étaient confuses, et elle avait l'impression d'entendre une légère plainte stridente. Ça ne pouvait pas être réel !

— Que se passe-t-il ? demanda Mélanie derrière elle.

Dominique fit volte-face et aperçut Mélanie qui se tenait tout près, son visage empreint d'un drôle d'air.

— Ces personnages ! Ils bougent !

Mélanie pencha la tête d'un côté.

— Personnages ? demanda-t-elle. Oh ! sourit-elle alors, tu dois sans doute parler de mes parents ! Quoi donc ?

Dominique cligna des yeux. Elle avait sûrement mal entendu. Mais quelque instinct animal l'incita à s'écarter de Mélanie.

— Que veux-tu dire ? demanda-t-elle d'une voix rauque.

Le sourire de Mélanie disparut.

— Ils voulaient me mettre en pension, alors je les ai miniaturisés. Ils sont le clou de ma collection !

Dominique avala avec peine. Le faible gémissement semblait maintenant s'amplifier.

— Tu es folle ! cria-t-elle sur le point de s'évanouir. Je rentre chez moi !

Les yeux de Mélanie se rétrécirent.

— Je croyais que tu aimerais mes objets miniatures, dit-elle d'un air accusateur en avançant d'un pas. Je pensais que tu voulais être mon amie !

Dominique trébucha contre la maison, se retint pour ne pas tomber et passa derrière le château.

— Ne t'approche pas de moi ! hurla-t-elle.

Elle réalisa soudain que le bruit qu'elle avait perçu provenait de l'arrière de la maison. Le cœur battant à tout rompre, elle jeta un coup d'œil dans la cour.

La petite cour était pleine d'enfants. Ils avaient tous les yeux levés vers elle et hurlaient de leurs si petites voix. Son estomac chavira, et sa tête lui parut lourde.

Alors qu'elle perdait connaissance, elle entendit Mélanie qui disait :

— Tu es exactement comme les autres. Eux aussi se disaient mes amis.

LA MACHINE INFERNALE

Un soir, Thomas regardait un vieux film de science-fiction à la télévision. Il y était question d'un homme qui fabriquait un robot dans le but de conquérir le monde. Puis, à sa mort, le robot devenait fou et se mettait à tuer tout le monde. Il était enfin réduit à néant par deux scientifiques qui, après avoir découvert les notes de l'inventeur, avaient réussi à en déchiffrer le code secret. À la fin du film, Thomas eut une idée. Il allait construire un robot! Pas pour tuer des gens, bien sûr, mais pour l'envoyer faire ses commissions et pour le montrer à ses amis.

Il se mit au travail dès le lendemain matin. Il pensa d'abord utiliser quelques-uns de ses blocs en plastique, mais le robot ne serait pas assez solide. Il sortit alors son jeu de construction et commença à assembler les jambes.

Au même instant, Olivier ouvrit la porte de la chambre de Thomas.

— Que fabriques-tu? demanda-t-il à son grand frère.

— C'est un secret. Je ne peux pas t'en parler.

Olivier s'approcha.

— Allez! Qu'est-ce que c'est?

Thomas posa la petite clé dont il se servait.

— Bon, d'accord. Mais je ne suis pas sûr que ce projet te plaira.

— Quoi?

— Maman et papa m'ont demandé de leur fabriquer un autre fils... pour te remplacer.

— Non ! cria Olivier en reculant. Tu dis des mensonges !

— Je t'avais prévenu que tu n'aimerais pas ça !

Thomas reprit la clé et continua tranquillement à assembler les jambes du robot. Olivier sortit de la chambre en courant.

Quelques minutes plus tard, leur mère y entrait.

— Thomas ! Pourquoi as-tu raconté à ton frère que nous voulions le remplacer ?

— Oh ! maman ! Je plaisantais. Comment aurais-je pu imaginer qu'il allait croire une histoire aussi stupide ?

Sa mère s'appuya contre le cadre de la porte, les bras croisés. Elle lui jeta alors Le Regard. Il s'avoua finalement vaincu.

— D'accord, excuse-moi. Je ne lui dirai plus jamais de telles choses.

— Thomas, premièrement je ne comprends pas pourquoi tu racontes des histoires pareilles. Ensuite, qu'es-tu en train de fabriquer ?

— Un robot.

— Vraiment ? Eh bien, Olivier pourrait peut-être t'aider.

Thomas envoya à sa mère sa propre version du Regard.

— D'accord, dit-elle en levant la main. Mais cesse de le taquiner sans arrêt.

— Oui, maman.

Thomas ferma la porte derrière elle et se remit au travail. Une fois les deux jambes terminées, il réalisa qu'il avait un problème : elles n'étaient pas articulées. Comment son robot pourrait-il se déplacer ? Il eut alors une idée. Il plongea dans son placard et en sortit une boîte à chaussures remplie de roues provenant de vieilles voitures. Il en choisit huit, quatre pour chaque pied, et commença à les installer au bout des jambes.

Il lui fallut plus de temps qu'il n'avait cru, mais il eut finalement deux jambes, chacune terminée par une plate-forme composée de roues minuscules. Il fit rouler les jambes dans un sens, puis dans l'autre, sur le plancher en bois, ravi du résultat, puis les mit de côté.

Avant d'attaquer les bras, il décida de faire une pause biscuits. Tandis qu'il traversait le salon, Olivier arrivait du jardin en courant.

— Maman a dit que tu fabriquais un robot !

Thomas fronça les sourcils.

— Oui, et alors ?

— Je peux t'aider ?

— Pas question ! Ce n'est pas un jeu pour les bébés !

Olivier lui jeta un regard furieux.

— Je ne suis pas un bébé !

— Alors, pourquoi as-tu rapporté à maman ce que je t'ai dit ?

Olivier ne répondit pas, et Thomas se dirigea, l'air triomphant, vers la cuisine. Une fois son goûter terminé, il retourna dans sa chambre et commença à assembler les bras.

Il réalisa soudain qu'il lui faudrait un corps auquel attacher tout ça. Il resta un moment à réfléchir, puis se précipita vers le garage. Une vieille boîte à pain métallique était posée sur une étagère, dans le coin. Il s'en empara et s'apprêtait à retourner vers sa chambre lorsqu'il remarqua un vieux cordon électrique qui dépassait de sous l'établi de son père. Une idée audacieuse commençait à germer. Il saisit le cordon électrique, une bobine de fil de cuivre et un poinçon, puis retourna furtivement dans sa chambre.

Il installa la boîte à pain au-dessus des jambes, le panneau coulissant vers l'arrière. Il perça alors deux trous au fond de la boîte, à l'aide du poinçon, et y fit passer le fil. Il introduisit ensuite le fil au centre de chaque jambe et l'enroula autour de chacun des pieds. En fixant les jambes à la boîte, il comprit que son invention allait mesurer presque un mètre !

Il inséra ensuite une tige métallique qu'il fit dépasser de chaque côté, près du dessus de la boîte. Il fixa une petite roue à chaque extrémité de la tige, en guise d'épaules. Il attacha alors deux courtes tiges métalliques à chaque épaule puis, à l'extrémité opposée des tiges, il vissa une autre roue en guise de coude.

Thomas s'assit, légèrement en retrait, et examina les bras en se rongeant un ongle. Qu'allait-il utiliser pour les mains ? Alors, avec un sourire, il sauta sur ses pieds et fonça vers le garage.

Il fouilla dans la boîte à outils de son père à la recherche de deux paires de pinces. Il retourna dans sa chambre et enleva le ruban en caoutchouc qui recouvrait les poignées des pinces. Il attacha alors une pince à chaque bras, en guise de main.

Pour la touche finale, il alla dans la cuisine, saisit une boîte de café sur l'étagère et vida le café qu'elle contenait dans un bol. Il emporta alors la boîte dans le garage où il choisit deux ampoules rouges de Noël qu'il installerait à la place des yeux. Il s'empara également d'une ampoule ordinaire pour la fixer au-dessus de la tête.

En route vers sa chambre, il aperçut Olivier en train de jouer.

— Hé ! bébé ! dit-il en s'arrêtant. Veux-tu vraiment m'aider pour mon robot ?

Olivier se redressa.

— Oh ! oui ! Que dois-je faire ?

— C'est simple. Va seulement jusqu'au champ et essaie d'attraper un crapaud.

— Un crapaud ? dit-il avec méfiance. Pourquoi ?

Thomas secoua la tête.

— Veux-tu m'aider, oui ou non ?

— D'accord. Mais tu sais bien que maman ne me laissera pas y aller seul.

Thomas réfléchit à la question.

— Oui. Bien, allons-y ensemble.

Il partit déposer la boîte à café et les ampoules dans sa chambre. Il sortit ensuite, avec Olivier, dire à leur mère où ils allaient, et ils quittèrent la maison.

Le champ — qui n'était en réalité qu'un grand terrain vague en friche — se trouvait à environ deux coins de rue. Tous les enfants du quartier s'y retrouvaient pour faire du vélo, jouer à cache-cache et s'adonner à tous les jeux auxquels ils pouvaient penser. Toutefois, le champ était désert lorsque Thomas et son petit frère y arrivèrent.

— Bien, dit Thomas. L'idéal serait de trouver un très gros crapaud, mais je suppose qu'un petit fera l'affaire.

— À quoi servira-t-il ? demanda Olivier.

Dans un élan de gentillesse, Thomas le lui dit.

— Je vais utiliser le crapaud pour donner vie à mon robot !

— Comment ? demanda Olivier, ahuri.

— Le crapaud, lorsqu'il bougera, fera aussi bouger les bras et les jambes du robot !

Le regard d'Olivier s'illumina.

— Génial ! Penses-tu vraiment que ça marchera ?

— Bien sûr. Pourquoi pas ? Tu cherches de ce côté, dit-il en indiquant l'autre bout du terrain. Moi je fouillerai de ce côté-ci, d'accord ?

Olivier hocha la tête et s'éloigna. Thomas se mit à chercher dans les mauvaises herbes autour de lui.

Environ une heure plus tard, Thomas était prêt à partir. Il avait fouillé sa moitié du champ, et le seul crapaud qu'il avait trouvé avait réussi à s'échapper. Il décida d'aller voir comment se débrouillait Olivier.

Il trouva son frère en train de ramper dans les herbes, presque au centre du champ.

— En as-tu trouvé ? demanda-t-il.

— Non ! J'ai vu un crapaud mort, mais aucun crapaud vivant.

Thomas hocha la tête et donna un coup de pied dans une motte de terre. Il claqua alors des doigts. Un crapaud mort ! Ce serait encore mieux !

— Où était ce crapaud mort ? interrogea-t-il.

— Euh... quelque part par là. Pourquoi ?

— Te souviens-tu du film *Frankenstein* ?

Olivier acquiesça d'un signe de tête. Ce film l'avait tellement effrayé qu'il n'avait pas fermé l'œil de toute la nuit. Thomas avait convaincu leur gardienne de les laisser le regarder.

— Te souviens-tu comment le docteur Frankenstein éveille le monstre à la vie ? continua Thomas. Il assemble les membres de personnes mortes et les frappe ensuite d'un éclair.

— Oui, et alors ?

— Voilà. Je ferai la même chose avec le crapaud !

— Quoi ? Tu vas attendre qu'il y ait un éclair ?

— Mais non ! dit Thomas d'un ton méprisant. Je n'ai pas besoin d'autant d'électricité. J'utiliserai une simple prise de courant.

— Je ne sais pas, dit Olivier. Penses-tu vraiment que c'est une bonne idée ?

— Ne sois donc pas aussi peureux ! Allons ! Où est ce crapaud ?

Olivier l'entraîna jusqu'au corps. Il mesurait environ quinze centimètres, de la tête au bout des pattes arrière, et le soleil l'avait légèrement desséché. Thomas dénicha une vieille boîte de lait et y déposa son trophée.

Sur le chemin du retour, Thomas se tourna vers son frère.

— Maintenant, écoute. Tu as tout intérêt à ne rien dire de tout ça à maman ni à papa. Sinon, j'enverrai mon robot te dévorer.

— Je ne dirai rien du tout ! murmura Olivier.

— Très bien ! dit Thomas en grimpant l'escalier devant la maison.

Il retourna immédiatement travailler à son robot. Il attrapa la boîte à café, l'installa au-dessus de la boîte à pain et y perça deux trous à l'avant. Il inséra les ampoules dans les trous et glissa une boucle de fil de cuivre autour de chacune d'elles. Il introduisit alors le fil à l'intérieur de la tête, puis dans le corps, et en déposa l'extrémité au fond de la boîte à pain. Ensuite, il entoura un autre bout de fil autour de la tige métallique qui soutenait les bras et le laissa pendre, lui aussi, jusqu'au fond de la boîte.

Il sortit son invention et, avec mille précautions, la fit rouler jusqu'au garage. Il retourna dans sa chambre pour prendre le crapaud, le vieux cordon électrique et des ciseaux.

En ressortant, il passa chercher son frère.

— Veux-tu venir voir ?

Olivier ne se le fit pas dire deux fois et se précipita à la suite de son frère.

— Super ! souffla-t-il en voyant le robot. Que vas-tu faire, maintenant ?

Thomas déposa le corps du crapaud au fond de la boîte à pain. Il relia les fils attachés aux jambes du robot aux pattes postérieures du crapaud. Il saisit le fil passé autour de la tige soutenant les bras et en entoura les membres antérieurs du crapaud. Le fil qui menait à la boîte à café était enroulé autour de la tête du crapaud.

Thomas prit les ciseaux et coupa un bout du cordon électrique. Il sépara les deux fils et coupa l'isolant à l'extrémité de chacun d'eux. Il enfonça alors les deux fils dénudés dans le corps du crapaud. Il referma doucement la boîte et déroula le cordon électrique.

Il recula et examina son œuvre avec fierté. Son robot était prêt à vivre !

Tirant la fiche du cordon électrique vers une prise murale, il leva les yeux vers son frère.

— Prêt ? demanda-t-il en souriant.

Olivier était trop effrayé pour parler. Il se contenta de hocher la tête. Thomas prolongea l'attente de façon théâtrale, puis enfonça la fiche dans la prise.

Il y eut un bruit sec à l'intérieur du robot, et ses yeux s'allumèrent. Une lueur se mit à briller sur la tête de la créature. Olivier hurla et battit en retraite. De la fumée s'échappa alors du dos du robot et une épouvantable odeur emplit la pièce. Soudain, la lumière des ampoules vacilla, puis s'éteignit. Thomas débrancha le cordon.

L'odeur s'intensifiait et Thomas fut pris de nausée. Olivier pleurait. Thomas s'approcha de son robot et fit coulisser le panneau arrière. Un nuage de fumée s'en échappa qu'il balaya d'un geste. Le corps brûlé du crapaud gisait au fond de la boîte.

Thomas se tourna vers Olivier.

— Veux-tu arrêter de pleurer ! siffla-t-il avec colère.

Olivier ravala ses larmes en silence.

— Gros bébé ! dit Thomas.

Furieux, il sortit vivement du garage, abandonnant son petit frère et son expérience ratée derrière lui.

Une heure plus tard, Thomas se dit qu'il ferait mieux d'aller nettoyer ses dégâts dans le garage. Son père serait bientôt de retour et il ne voulait pas que son désordre lui attire des problèmes.

Mais lorsqu'il entra dans le garage, le robot n'y était plus ! Le cordon électrique serpentait toujours sur le plancher, à l'endroit même où se trouvait le robot, mais celui-ci avait disparu.

Pendant un moment, la panique envahit Thomas. Il fronça alors les sourcils et secoua la tête. Son frère l'avait sûrement caché pour se venger. Thomas nettoyait ce qui restait quand quelques amis vinrent le trouver. Ils allaient au terrain vague. Thomas enfourcha son vélo et se joignit à eux.

Le soir venu, il avait presque oublié le robot. Mais après le souper, il suivit son frère dans sa chambre.

— Qu'as-tu fait de mon robot ? demanda-t-il.

Olivier le dévisagea.

— Rien. Pourquoi ?

— Espèce de patate ! Où est-il ?

— Je ne sais pas, dit Olivier en secouant la tête. Je te jure !

Thomas pensa lui sauter dessus, mais décida plutôt de simplement l'ignorer. Tôt ou tard, Olivier avouerait.

— Très bien, dit-il en sortant. Mais tu as intérêt à ne pas me mentir !

Puis, conformément à son plan, il ignora son frère tout le reste de la soirée. Lorsque ses parents vinrent lui souhaiter bonne nuit, il ne leur parla pas du robot.

Au milieu de la nuit, quelque chose l'éveilla. Il resta

couché, fixant l'obscurité, l'oreille tendue. Il l'entendit à nouveau ! Un très léger grincement.

Il roula sur son dos et se redressa. Sa respiration s'accéléra. Il y avait quelqu'un dans la maison !

Le grincement s'approchait et Thomas se mit à sourire, soulagé. Il reconnaissait le bruit. C'était un bruit de roues sur le plancher. Voilà donc ce que mijotait Olivier !

Le grincement semblait venir de derrière la porte. Brusquement, il s'arrêta. Thomas glissa hors de son lit et se dirigea à pas de loup vers la porte. Lorsque son frère entrerait, il aurait une peur bleue !

La porte s'ouvrit lentement. Et là, debout, se tenait le robot ! Thomas bondit devant lui et grogna.

Les yeux du robot rougeoyèrent faiblement et la lueur de l'ampoule au-dessus de sa tête vacilla légèrement. Il restait immobile, les bras tendus. Il n'y avait aucune trace d'Olivier.

— Olivier ? murmura-t-il.

Le robot s'élança alors vers lui et plongea son bras dans sa gorge.

LA FILLE DE LEURS RÊVES

Camille, debout à la fenêtre de sa chambre, regardait le camion de déménagement s'éloigner de la vieille maison Meunier. La maison s'élevait au milieu d'un immense terrain vague situé aux abords de la ville, et la maison de Camille se trouvait dans une rue qui longeait l'un des côtés de ce terrain. La fenêtre de sa chambre à coucher donnait tout droit sur l'immense manoir délabré. Aussi loin que puisse remonter sa mémoire, cet endroit était resté inhabité. Mais ce soir, juste avant le coucher du soleil, un camion s'était arrêté devant la maison. Deux hommes avaient déchargé quelques grosses boîtes à l'arrière du véhicule, puis étaient repartis.

— As-tu enfin aperçu quelqu'un? demanda Thierry, son frère, derrière elle.

— Non. Seulement les deux déménageurs. Je me demande qui pourrait bien acheter une maison aussi vieille et aussi laide !

Thierry haussa les épaules.

— Des gens vieux et laids? suggéra-t-il.

Camille ricana et le suivit jusqu'à la salle à manger.

Pendant la nuit, elle rêva qu'une jolie princesse s'était installée dans la maison Meunier et demandait à Camille de venir habiter avec elle. Camille déménageait donc et découvrait que cette maison regorgeait, juste pour elle, de tout ce qu'elle aurait aimé avoir.

Camille s'éveilla en pleine nuit avec une drôle d'impression. Elle se sentait nerveuse, tendue, un peu comme si elle avait faim. Cependant, comme le rêve était toujours présent à son esprit, elle se glissa hors du lit et alla regarder par sa fenêtre.

Les fenêtres de la maison abandonnée étaient sombres. Mais ses murs décrépis semblaient briller au clair de lune, comme s'ils avaient été, d'un coup de baguette magique, nettoyés et repeints en blanc. Elle resta là un moment, le regard fixe, puis secoua la tête et retourna se coucher.

Le lendemain matin, Thierry l'étonna lorsqu'il lui proposa d'aller voir les nouveaux venus de la maison Meunier. Camille, qui pensait toujours à son rêve, s'empressa d'accepter.

Ils s'habillèrent et piquèrent à travers champs. Tandis qu'ils s'approchaient de la maison, Camille put voir que des planches avaient été clouées sur les fenêtres brisées. D'épais rideaux avaient été tirés devant les autres.

Ils arrivèrent devant la maison et Thierry s'arrêta sur le porche.

— Thierry! Attends! souffla Camille. Qu'arrivera-t-il s'il y a quelqu'un?

— Pourquoi serions-nous ici, sinon? dit-il sèchement. Si tu as trop peur, retourne à la maison!

Elle réfléchit un moment, puis se souvint de son rêve. Il n'était pas question qu'elle rate une telle occasion.

— Va frapper à la porte, dit-elle.

Thierry s'avança et frappa à l'épaisse porte en bois. Au bout d'un moment, la porte d'entrée s'ouvrit en grinçant et un homme apparut. Il sourit dès qu'il vit Camille et son frère.

— Bonjour! Que puis-je faire pour vous?

— Euh... bonjour! hésita Thierry. Je m'appelle Thierry Alexis et voici ma sœur, Camille. Nous habitons dans la maison bleue, de l'autre côté du champ. Nous vous avons vu emménager hier et nous sommes venus vous saluer.

L'homme hocha la tête, souriant toujours.

— Je m'appelle Benjamin. Nous venons d'acheter cette maison, ma fille Léa et moi.

— Vous avez une fille? s'exclama Camille.

— Oui. Mais elle n'est pas encore arrivée. Peut-être pourriez-vous revenir ce soir, après le souper? Je suis sûr qu'elle aimerait vous rencontrer.

— Bien sûr, dit Camille.

— D'accord, accepta Thierry. À plus tard!

Sur le chemin du retour, Thierry demanda à Camille :

— Pourquoi étais-tu si étonnée qu'il ait une fille?

— Je... j'ai rêvé à cette maison.

Thierry fit volte-face et la dévisagea.

— Que veux-tu dire?

Elle s'arrêta, surprise de sa réaction.

— J'ai rêvé qu'une princesse vivait ici. Comme elle se sentait très seule, elle m'invitait à venir vivre avec elle. Elle m'offrait des diamants, des bijoux et des tas d'autres choses.

Thierry la fixait du regard.

— Moi aussi! Je veux dire, moi aussi j'ai rêvé à cette demeure.

Camille en resta bouche bée.

— Ah! oui? Y avait-il une princesse?

— Non, dit Thierry en secouant la tête. Dans mon rêve, la maison ressemblait un peu à un musée avec de vieilles épées et des armures.

Camille ne savait plus que penser. Elle et Thierry avaient toujours été très proches, mais ils n'avaient encore jamais partagé leurs rêves.

— C'est très étrange, Thierry.

Il acquiesça d'un signe de tête et ils rentrèrent chez eux.

Ce soir-là, après le souper, ils dirent à leur mère qu'ils allaient rendre visite à la nouvelle résidente de la maison Meunier. Ils traversèrent à nouveau le champ, mais cette fois dans la semi-obscurité.

À peine avaient-ils posé le pied sur le porche que la porte s'ouvrait. Une jeune fille se tenait dans l'embrasure, se profilant dans le bain de lumière qui venait de l'intérieur. Elle était très jolie avec ses longs cheveux noirs et ses yeux sombres. Elle souriait.

— Bonsoir! Je m'appelle Léa.

Camille eut l'impression de retrouver une vieille amie. Elle lança un regard à son frère. Il dévisageait Léa, la bouche entrouverte comme celle d'un poisson mort. Elle lui donna un coup de coude en s'avançant légèrement.

— Je m'appelle Camille, annonça-t-elle. Et voici mon frère Thierry. Nous habitons dans la maison bleue, de l'autre côté du champ.

— Entrez, dit Léa en faisant un signe de la tête.

Elle recula pour laisser entrer Camille et son frère. L'intérieur était illuminé par ce qui semblait être des centaines de chandelles fichées dans d'étincelants chandeliers de cuivre. Un escalier en bois verni s'élevait d'un côté du salon vers le deuxième étage où régnait l'obscurité.

— Nous n'avons pas encore l'électricité, expliqua Léa. Mon père est parti en ville pour essayer d'y trouver une quincaillerie encore ouverte.

Léa les conduisit vers un énorme canapé bien rembourré qui avait été avancé pour eux.

— Je suis vraiment contente que vous soyez venus,

dit Léa comme ils s'asseyaient. J'ai toujours aimé rencontrer des gens nouveaux. Le quartier est-il agréable ?

— Pas mal, répondit Thierry.

Et il dressa à Léa le portrait de quelques autres enfants qui vivaient dans les environs.

— Alors, demanda Camille lorsque son frère eut terminé. D'où venez-vous, ton père et toi ?

— Nous déménageons souvent. Je ne sais même plus où je suis née ! dit Léa en haussant les épaules et en riant.

— Es-tu déjà allée dans un autre pays ? lui demanda Thierry.

— Oh ! oui ! Nous vivions en Europe.

— Vraiment ? insista Camille en s'approchant. Où ?

Léa leur parla des différents endroits qu'elle se souvenait d'avoir visités lorsqu'ils vivaient en Europe. Camille et Thierry l'écoutaient, fascinés.

Soudain, Camille regarda sa montre. Ils étaient assis là depuis plus de deux heures ! Il était presque vingt et une heures.

— Viens, Thierry, dit-elle en sautant sur ses pieds. Nous devons rentrer à la maison.

Léa se leva, elle aussi.

— Je suis heureuse que nous nous soyons rencontrés. Je vous remercie d'être venus.

Thierry hocha la tête.

— Aimerais-tu venir chez nous, demain ?

— Je ne peux pas, dit Léa en secouant la tête. J'ai été très malade il y a quelque temps, et mon père veut que je reste à la maison pour me reposer le plus possible.

— Tu vas bien maintenant, n'est-ce pas ? s'inquiéta Camille.

— Oh ! oui ! Pas encore à cent pour cent, mais beaucoup mieux, répondit-elle avec un sourire timide. Ça aide vraiment d'avoir quelqu'un à qui parler.

— Nous pouvons revenir demain, lui offrit Thierry.

Camille acquiesça d'un signe de tête.

— Ce serait gentil, dit Léa. Pourquoi ne pas venir demain soir?

Ils retournèrent donc, le lendemain soir, à la maison Meunier. Camille n'en avait pas parlé avec Thierry, mais elle sentait que cette maison lui plaisait autant qu'à elle. La fille était plutôt tranquille, mais elle avait toujours une histoire intéressante à raconter. Aller chaque soir chez Léa, s'asseoir au salon et bavarder devint très vite un rituel. Ils voyaient rarement le père de Léa, mais que sa fille ait toujours de la compagnie ne semblait pas le gêner.

Une nuit, après que Camille et Thierry furent rentrés chez eux et se furent couchés, Camille fit un horrible cauchemar. Elle rêva que Léa était sur le point de mourir et elle était la seule personne à pouvoir l'aider. Mais pour quelque raison obscure, elle en était incapable. Elle regardait, impuissante, Léa qui s'éteignait lentement, assise au milieu du salon.

Camille s'éveilla en sueur. Puis, avec un pressentiment, elle se glissa furtivement le long du couloir jusqu'à la chambre de son frère et ouvrit la porte.

— Thierry! souffla-t-elle. C'est moi!

— Quoi?

— Je viens de faire un cauchemar à propos de Léa.

Thierry la dévisagea d'un drôle d'air.

— Que lui arrivait-il? demanda-t-il.

— J'ai rêvé qu'elle était en train de mourir et que j'avais le pouvoir de la sauver. Mais je n'arrivais pas à l'atteindre.

Thierry resta silencieux un long moment.

— J'ai moi aussi fait un rêve comme le tien, dit-il alors. Qu'est-ce que cela signifie, d'après toi?

Camille se mit à réfléchir.

— Peut-être est-elle plus malade qu'elle ne l'a dit. Et nous le ressentons tous deux d'une façon ou d'une autre.

— Peut-être. Demandons-lui demain, d'accord?

Camille accepta et retourna se coucher. Elle dormit le reste de la nuit sans rêver.

À peine levés, le lendemain, ils s'habillèrent et filèrent chez Léa. Ils sonnèrent et frappèrent à la porte, mais personne ne répondit. Camille essaya de jeter un coup d'œil par les fenêtres, mais les stores étaient baissés.

Toute la journée, ils surveillèrent la maison. Mais ils ne virent pas Léa ni son père. Le soir venu, après le souper, ils essayèrent à nouveau.

Cette fois, Léa ouvrit la porte d'entrée. Camille sursauta légèrement.

— Léa! Nous ne t'avons pas vue rentrer!

— Je ne suis allée nulle part, dit Léa en souriant.

— Mais nous sommes venus un peu plus tôt, dit Thierry. Personne n'a répondu.

Léa haussa les épaules.

— J'étais sans doute endormie. Mais entrez, dit-elle en ouvrant un peu plus la porte. J'ai finalement réussi à tout déballer et j'aimerais vous montrer quelque chose.

Léa leur fit traverser la pièce située à l'avant, où son père était assis et lisait. Il ne leva pas les yeux lorsqu'ils passèrent près de lui, le long d'un couloir peint de couleur vive.

— Je crois que cette pièce te plaira, dit-elle à Thierry en ouvrant une porte.

Thierry coula un regard à l'intérieur et ne put en

croire ses yeux. La pièce était remplie d'épées et d'armes de toutes sortes. Des boucliers aux bannières décolorées étaient accrochés aux murs. Des armures étaient alignées de part et d'autre de la pièce, semblables à des soldats au garde-à-vous.

— Super! hurla-t-il presque en se précipitant dans la chambre.

Camille essayait de regarder, mais Léa se tenait devant elle.

— Qu'est-ce qui peut l'intéresser à ce point? demanda-t-elle, perplexe.

Elle n'y avait vu, en somme, que quelques vieux tuyaux rouillés qui sortaient du mur.

— Tu sais comment sont les garçons, répondit Léa en l'entraînant vers une autre pièce.

Avant que Camille ait pu lui demander ce qu'elle entendait par là, Léa avait ouvert la porte de la chambre voisine. C'était maintenant au tour de Camille de rester béate d'admiration. La pièce était remplie de vitrines. Chacune d'elles renfermait des tas de pierres précieuses, de colliers, de bagues, et tous les autres bijoux que Camille aurait pu imaginer. Comme dans son rêve! Elle s'avança, ne sachant plus où poser les yeux.

— Je reviens tout de suite, dit Léa.

Elle referma la porte derrière elle, laissant Camille seule dans la chambre.

Camille se mit à admirer les richesses qui l'entouraient. Elle passait lentement d'une vitrine à l'autre, hypnotisée par tant de trésors étalés sous ses yeux.

Au bout d'un certain temps, elle pensa à Thierry. Elle se redressa et regarda autour d'elle, confuse. Elle eut l'étrange impression que quelque chose n'allait pas.

— Thierry? appela-t-elle à voix basse.

Elle courut alors vers la porte.

— Thierry !

Elle ouvrit la porte à la volée et resta figée. Le couloir était plongé dans l'obscurité et dégageait une odeur de plâtre frais. Les chandeliers étincelants avaient disparu et de simples bougies étaient posées à même le sol. Les murs étaient maintenant couverts de vieux papier peint décoloré et à moitié décollé.

Camille prit une grande inspiration et se précipita dans le couloir, vers la chambre où elle avait laissé son frère. La porte pendait, retenue par une charnière, et lorsqu'elle l'ouvrit, elle sortit de son cadre dans un grincement lugubre et s'écrasa sur le plancher. Camille, effrayée, recula d'un bond, trop surprise pour parler.

La chambre était vide. Les murs étaient presque effondrés et révélaient des morceaux de tuyaux semblables aux os d'un cadavre. Étrangement, des moules à tartes avaient été cloués aux murs et de vieux morceaux de tapis pendaient à leurs côtés.

— Thierry ! hurla Camille. Thierry ! Où es-tu ?

Elle se tut alors brusquement en entendant un grand fracas à l'étage supérieur.

— Camille ! cria son frère, quelque part au-dessus d'elle. Va-t'en !

Le cœur battant à tout rompre, le souffle court, Camille sortit de la chambre en courant. Elle emprunta le couloir jusqu'au salon. Le décor était très différent ici aussi. Les meubles riches et raffinés n'étaient plus que de vieilles boîtes de déchets ! Elle voulait son frère ! Que lui arrivait-il ?

— Thierry ! cria-t-elle en balayant la pièce du regard.

Elle l'aperçut alors. De la même forme que le canapé. C'était un cercueil, déposé au milieu de la pièce, comme un bien des plus précieux. Un squelette blanchi, couvert des vêtements que portait le père de Léa, était pelotonné à une extrémité. Camille, les yeux rivés sur les vêtements, essayait d'accepter ce que son subconscient lui soufflait. Elle vit alors avec horreur le couvercle du cercueil se soulever. Tandis qu'elle se glissait vers la porte, un museau poilu jaillit de sous le couvercle. Il fut suivi par le plus énorme rat qu'elle ait pu imaginer. Il se percha sur le bord du cercueil et la regarda fixement.

Elle perçut un mouvement du coin de l'œil et tourna vivement la tête vers l'escalier. Son frère apparut, chancelant.

— Thierry! hurla-t-elle.

Il se tourna vers elle, et son cœur bondit dans sa poitrine. Le côté gauche de sa chemise était couvert de sang qui semblait s'égoutter d'une blessure à la gorge. Il vit sa sœur et pointa son doigt vers la porte.

— Cours! dit-il d'une voix rauque.

Léa apparut alors subitement. Elle était plus grande et semblait maintenant avoir le même âge que leur mère. La bouche maculée de sang, elle s'avança vers Thierry en le dévorant des yeux.

Les jambes de Camille semblaient clouées au sol et sa vue se brouillait. Un autre hurlement de son frère lui fit lever brusquement la tête. Léa se tenait derrière lui, la bouche collée sur son cou.

— Non, murmura Camille. Non! hurla-t-elle enfin.

Elle bondit sur ses pieds et se jeta sur la porte. Elle l'ouvrit violemment, franchit le porche et s'enfuit dans le champ. Sanglotant et s'étouffant presque, elle réussit enfin à atteindre sa maison. Elle chercha la poignée de porte à tâtons, puis se jeta à l'intérieur.

Elle s'immobilisa, totalement confuse. Elle était revenue dans la maison Meunier! Derrière elle, la porte se referma en grinçant et elle tourna lentement les yeux.

Léa était là, souriant de ses dents rougies. Ses canines luisaient dans la lumière des chandelles tandis qu'elle se penchait et se saisissait de Camille.

UN LOUP DÉGUISÉ EN BREBIS

— As-tu entendu parler de ce qui s'est passé la nuit dernière ? demanda Pascal à Nicolas en se précipitant dans la classe avant que la cloche sonne.

— Quoi ? Encore un autre ? demanda Nicolas.

— Oui ! dit Cathie, assise devant eux. Un livreur. Ils l'ont trouvé dans une ruelle !

— Dans toute la ruelle ! ajouta Robert avec emphase.

— Que veux-tu dire ? interrogea Nicolas comme la cloche sonnait et que les élèves se bousculaient vers leurs chaises.

— Eh bien, dit Robert, ils ont trouvé un bras à un bout de la ruelle et ils ont trouvé presque tous les restes de son corps éparpillés jusqu'à l'autre bout.

— Robert ! cingla la voix de monsieur Tessier, leur professeur.

Robert se tourna, l'air coupable, sur sa chaise.

— Excusez-moi, dit-il.

Monsieur Tessier balaya lentement la classe du regard.

— Bien, dit-il. Je suppose que vous êtes presque tous au courant qu'un autre meurtre a eu lieu.

Un bourdonnement agité emplit la classe. Tout au long de l'automne, les policiers avaient découvert les corps de personnes sauvagement assassinées. Il y avait eu, à ce jour, huit victimes. La plupart du temps, les corps étaient tellement tailladés qu'ils étaient en morceaux. L'histoire faisait les manchettes presque

95

chaque soir tandis que les policiers tentaient de découvrir l'identité du tueur.

— C'est bien ce que je pensais, continua monsieur Tessier. Bien, étant donné ces meurtres, nous avons aujourd'hui un invité spécial.

Pendant un bref instant, Nicolas eut la vision d'un tueur aux yeux hagards bondissant dans la classe, un couperet de boucher à la main. Au lieu de cela, la porte s'ouvrit sur un jeune policier.

— J'ai invité l'inspecteur Marat qui vous parlera, aujourd'hui, de la sécurité. Je vous demande donc de l'écouter attentivement.

Monsieur Tessier se tourna vers le policier et lui fit signe de commencer.

— Bonjour, les amis ! dit l'inspecteur Marat.

— Bonjour ! répondirent-ils tous en chœur.

— Je tiens à vous parler à tous de la sécurité, commença-t-il. Je suis sûr que vos parents vous ont déjà fait tout un cours à ce sujet, mais nous, policiers, voulons que tout le monde garde les yeux ouverts et soit un peu plus prudent que d'habitude.

— Inspecteur Marat, dit Émilie à haute voix. Avez-vous des indices concernant le Boucher de l'automne ?

— Bien, vous comprendrez certainement que je ne peux pas dévoiler les détails de l'enquête. Je peux vous dire, toutefois, que nous avons certains indices sur lesquels nous pencher et que nous faisons de notre mieux pour assembler les pièces du casse-tête et mettre la main sur ce meurtrier.

Il fit quelques pas et posa une jambe sur le bureau de monsieur Tessier.

— Mais pendant que l'enquête suit son cours, il est très important que nous soyons tous aussi prudents que possible. Maintenant, pouvez-vous me dire ce que vous devez faire si un étranger vous aborde ?

Nicolas ne prêta plus attention au policier qui donnait son cours de sécurité. Il connaissait tout ça. Son père lui avait déjà tout expliqué. Il regarda ses camarades de classe. La plupart d'entre eux écoutaient le policier. Certains, comme Jacques, le nouveau, semblaient rêvasser. Jacques regardait fixement par la fenêtre et Nicolas se demanda à quoi il pouvait bien penser. Très vite, Nicolas se mit lui aussi à rêver.

Pendant la récréation, le nouveau meurtre fut le principal sujet de conversation.

— Mon père dit que les policiers ne savent absolument pas qui est derrière tout ça, dit Arnaud.

— Mais l'inspecteur Marat a dit qu'ils avaient quelques indices, protesta Émilie.

— D'après moi, ça doit être une espèce de monstre, dit Jacques. C'est vrai, qui sait quel genre de créatures bizarres vivent dans les égouts et les maisons abandonnées ?

— Crois-tu vraiment ? demanda Josée, les yeux écarquillés.

— Pourquoi pas ? dit Jacques en baissant la voix. Peut-être qu'une créature hideuse, avide de chair fraîche, sort des égouts, la nuit, et va chasser pendant que nous sommes tous endormis.

— C'est ridicule ! se moqua Nicolas.

— Ah ! oui ? lui répondit Jacques. As-tu une meilleure idée ?

— Il doit simplement s'agir d'un genre de détraqué, dit Nicolas.

— Je suis d'accord, dit Émilie. Mes parents me disent toujours de me tenir loin des étrangers. Ils me le répètent au moins une fois par jour depuis que les meurtres ont commencé.

— Oui. Pourquoi inventer une espèce de monstre stupide ? demanda Bertrand. La meilleure chose à faire est de rester loin des étrangers, comme le disait Émilie.

La plupart des autres enfants hochèrent la tête.

— Et ne jamais sortir seul, ajouta Nicolas.

— Mon père dit qu'il existe des tas de phénomènes que nous ne comprenons pas, lui répondit Jacques d'un air furieux.

— C'est vrai, dit Antoine en se mêlant à la conversation. Que savons-nous des recherches scientifiques sur les fantômes et autres esprits ?

Cette dernière remarque alimenta une interminable discussion à propos de monstres, de fantômes et autres phénomènes bizarres. Lorsque la cloche les interrompit, rien n'était clair, sinon que Nicolas et Jacques pensaient que l'autre était un pauvre idiot.

Le reste de la journée s'écoula sans incident. À la moitié du cours, Nicolas remarqua que Jacques lui lançait des regards furtifs, mais il l'ignora. Cela n'aiderait en rien que Jacques soit en colère contre lui. Ça n'avait rien de personnel. C'était sa faute à lui qui avait des idées aussi stupides à propos de monstres et de créatures du même genre.

Lorsque la cloche annonçant la fin de la journée se mit à sonner, les enfants ramassèrent leurs livres et se précipitèrent dans la cour. Nicolas fit une partie de football avec quelques autres garçons et ne pensa plus aux tueurs psychopathes pendant un moment.

Il ne quitta l'école qu'en fin d'après-midi. La plupart des autres enfants étaient déjà repartis avec leurs parents. Certains, comme Antoine, traînaient devant l'école et attendaient. Antoine interpella Nicolas comme il sortait de la cour.

— Il ne te reste qu'à espérer que de tels monstres n'existent pas!

Nicolas l'ignora. Ce n'était pas son problème si Antoine voulait croire ces stupides histoires de fantômes et de monstres. Il ignorait bien des choses, mais il savait qu'il n'y avait pas de monstres avides de chair fraîche dans les égouts!

Il lança brusquement son sac d'école sur une épaule. Les enfants comme Antoine le jalousaient simplement parce que ses parents ne le considéraient plus comme un gamin. Il avait la permission d'aller à pied de l'école à la maison. Il n'avait plus besoin d'attendre que ses parents le récupèrent comme les autres enfants.

Il poussa un soupir. Il dut aussi admettre en son for intérieur que les autres n'avaient vraiment pas de quoi être jaloux de lui. Si ses parents lui permettaient de rentrer à pied, c'est qu'ils étaient trop occupés pour venir le chercher après l'école. Son père était avocat et il était presque toujours retenu très tard au bureau. Sa mère gérait une boutique de vêtements, et son refrain préféré était: «Il arrive toujours quelque chose à la dernière minute!»

Ils avaient donc dit à Nicolas qu'il devait se comporter comme un adulte. C'était la phrase favorite de son père. C'est pourquoi il était sûr et certain que les monstres n'existaient pas. Les adultes ne croient pas à ce genre de choses.

Mais il n'était pas toujours facile de se comporter comme un adulte. Particulièrement lorsque cela signifiait marcher seul de l'école à la maison alors qu'un maniaque rôdait autour en attendant de planter son couteau dans la première personne venue.

À cette pensée, il jeta furtivement un coup d'œil rapide par-dessus son épaule gauche. La rue était déserte. Il grogna et poursuivit son chemin.

Il était vraiment resté à l'école plus longtemps qu'il n'aurait dû. Il avait parcouru la moitié du chemin et la nuit tombait lentement. En fait, il avait aussi oublié que la nuit venait un peu plus tôt chaque jour.

Un par un, les lampadaires de la rue tremblotèrent et s'allumèrent. Il descendait une longue rue bordée de magasins fermés et de vitrines sombres. Il essayait de ne pas penser au ciel qui s'assombrissait, lorsqu'il entendit quelque chose derrière lui. Faisant un effort pour ne pas avoir l'air effrayé, il jeta, avec désinvolture, un coup d'œil par-dessus son épaule. Il sentit soudain sa gorge se nouer. Qu'est-ce que c'était? Il s'arrêta et scruta la rue derrière lui. Rien ne bougeait. Mais n'avait-il pas aperçu une sombre silhouette se cacher subitement dans l'entrée d'un magasin?

Son cœur battait la chamade. Il se retourna et se mit à marcher plus vite. Quelque chose lui disait qu'il devait continuer à avoir l'air dégagé. Il devait agir comme si tout allait bien. En agissant de cette façon, tout irait bien. Son père disait toujours : «Comporte-toi en victime et tu seras une victime.» Il redressa les épaules et garda la tête haute.

Il coula un autre regard derrière lui. Il ne vit rien. Mais il sentait que quelqu'un le surveillait! Il marcha un peu plus vite, sa respiration sifflant entre ses dents. Ses yeux scrutaient d'un air anxieux les deux côtés de la rue. Il regardait devant lui, cherchant un magasin ouvert, un halo de lumière agréable indiquant qu'il y avait un téléphone public à l'intérieur. Un endroit où il n'aurait plus à se comporter comme un adulte.

Puis, il l'entendit. Le léger crissement de pas derrière

lui. Il fit volte-face ! Mais la rue était toujours aussi déserte. Son cœur battait douloureusement. Il oublia ce que son père lui avait dit à propos des victimes et se mit à courir.

Son sac d'école frappait son épaule avec un bruit sourd tandis qu'il descendait la rue en courant. Pourquoi tout, dans cette ville idiote, fermait-il si tôt ? Il n'y avait personne en vue. Il était maintenant certain d'entendre des pas derrière lui. Mais, cette fois, il était trop effrayé pour regarder. Il essaya de courir encore plus vite.

Une rue transversale apparut soudain. Sans réfléchir, il tourna vivement le coin et heurta quelqu'un ! Il hurla, entraînant l'étranger dans sa chute.

— Hé ! qu'essaies-tu donc de faire ? Me tuer ? cria une voix familière avec colère.

Nicolas, surpris, leva les yeux. Jacques était là, en train de se redresser.

— Quel est ton problème ? lui demanda Jacques.

— Je crois qu'il me poursuit ! haleta Nicolas.

— Qui ?

— Le tueur ! Je pense qu'il est derrière moi !

Jacques regarda tout autour, effrayé.

— Oh ! non ! En es-tu sûr ?

Nicolas hocha la tête.

— Bon, d'accord, murmura-t-il en jetant un coup d'œil à gauche et à droite. Nous ferions mieux de déguerpir. Viens, allons par là.

Nicolas sauta sur ses pieds et courut à la suite de Jacques. Celui-ci semblait très bien connaître ce coin, car il l'entraîna dans une ruelle en empruntant de petites rues secondaires sans aucune hésitation. Nicolas continuait à regarder derrière eux, mais il n'y avait personne.

Il réalisa soudain qu'ils se trouvaient dans un cul-de-sac. Jacques s'était arrêté et semblait fixer le mur qui

101

s'élevait devant eux. Était-il à la recherche de quelque passage secret? Avait-il l'intention de l'escalader?

— Que fais-tu? lui demanda Nicolas juste derrière lui. Comment allons-nous sortir d'ici?

Jacques émit un son qui semblait tenir à la fois du rire et de la toux.

— Nous n'en sortirons pas, répondit-il.

— Que veux-tu dire?

Jacques se retourna. Son visage était couvert d'un épais pelage brun. Son corps semblait bizarrement se gonfler sous ses vêtements. Il leva une main aux longues griffes acérées.

— Alors, dit-il d'une voix grinçante. Crois-tu toujours que les monstres n'existent pas?

LE CERCLE DES TÉMÉRAIRES

— D'accord, dit Pascal. Je le ferai.

Il défia du regard les autres garçons installés dans la cabane perchée tout en haut d'un arbre. Pascal désirait plus que tout être membre du cercle des Téméraires. Tout le monde souhaitait en faire partie — c'était le cercle en vue ! Les autres garçons étaient tous plus âgés que Pascal, mais il était sûr de pouvoir leur prouver qu'il était suffisamment brave pour entrer dans leur bande.

— D'accord, dit Benoît, âgé de onze ans et chef du groupe. Nous nous rencontrerons ici, demain matin. Si tu as le pot de fleurs qui orne la tombe du vieux Morand, nous t'accepterons parmi nous.

Les garçons acquiescèrent d'un signe de tête.

— Et si tu ne viens pas, ajouta Mathieu, nous saurons que tu étais trop peureux pour le faire.

— Ou alors, dit Benoît, c'est que le vieux Morand t'aura attrapé.

Les garçons éclatèrent de rire en descendant l'un après l'autre l'échelle en bois clouée contre l'arbre qui abritait la cabane. Pascal attendit un moment, puis descendit à son tour et se dirigea lentement vers la rue.

Il s'arrêta dans le champ situé à la lisière de la forêt. De l'endroit où il se tenait, il pouvait voir l'immense portail en fer forgé du cimetière du Dernier Refuge briller sous le soleil de cette fin de journée. C'était l'unique cimetière de la ville, et il était là depuis toujours. Le premier maire de la ville, mort une centaine d'années plus tôt, y était enterré.

Monsieur Sorba, le gardien du cimetière, semblait être là depuis un siècle, lui aussi. C'était un homme étrange, qui vivait dans une petite maison au centre même du cimetière. Il ne sortait presque jamais des murs du cimetière, sauf pour en fermer le portail, chaque soir.

Pascal n'avait vu monsieur Sorba qu'une seule fois. Il était grand et mince, avait des cheveux blancs et boitait en marchant. Son dos légèrement voûté lui donnait un air effrayant, et il était toujours vêtu d'une chemise et d'un pantalon noirs. Lorsqu'il faisait froid, il portait un gros manteau noir.

Pascal commençait à avoir des doutes. Si Sorba l'attrapait, son père découvrirait tout. Et il serait alors interdit de sorties pour le reste de sa vie ! Il essaya de se convaincre qu'il n'avait pas peur lorsqu'il longea le cimetière pour rentrer chez lui.

Lorsqu'il arriva à la maison, son meilleur ami, Bertrand, était assis sur le porche et l'attendait.

— Alors ? demanda Bertrand comme Pascal gravissait les marches. Que s'est-il passé ? Vont-ils t'accepter ?

Pascal posa un doigt sur ses lèvres et se faufila sur le côté de la maison. Bertrand le suivit.

— Je crois bien, répondit Pascal. Mais je dois d'abord leur prouver que je ne suis pas une poule mouillée.

— Comment comptes-tu y arriver ?

— Je dois aller au cimetière, cette nuit, et voler le pot de fleurs sur la tombe du vieux Morand.

Bertrand écarquilla les yeux.

— Cette nuit ? En pleine obscurité ? Dans le cimetière ? Es-tu fou ou quoi ?

Pascal le fit taire avec colère. Ce n'était pas ce qu'il souhaitait entendre.

— Et alors? dit-il. Ce n'est qu'un bête pot de fleurs. Et j'ai déjà traversé le cimetière.

— Oui, mais jamais en pleine nuit, répliqua Bertrand. Et puis, comment sortiras-tu de la maison sans que tes parents s'en aperçoivent?

— J'attendrai qu'ils aillent se coucher. Je sortirai ensuite furtivement par la porte de derrière.

Bertrand leva les mains.

— Eh bien, mon vieux! Ça veut dire que tu n'atteindras pas le cimetière avant minuit, au moins!

Pascal ne répondit pas. Bertrand poussa une araignée du bout de son pied. Il reprit la parole après un long silence.

— Bon, dit-il. Je n'arrive pas à comprendre pourquoi tu tiens tant à entrer dans ce cercle stupide. Mais puisque c'est ainsi, ajouta-t-il avec une grande inspiration, je t'accompagnerai cette nuit, si tu veux.

Pascal se sentit soudain soulagé.

— Super! Je viendrai frapper à ta fenêtre vers vingt-trois heures!

Après le souper, Pascal regarda la télévision avec son père pendant un moment, puis il alla se coucher. Il resta étendu, en silence, jusqu'à ce qu'il entende ses parents aller au lit. Il s'habilla alors tout doucement et se faufila jusqu'à la porte de derrière. Il l'ouvrit lentement et se glissa à l'extérieur.

La nuit était froide, et il fit presque tout le trajet en courant jusqu'à la maison de Bertrand. Lorsqu'il y arriva, il frappa légèrement à la fenêtre de la chambre de son ami. Un instant après, le visage de Bertrand apparaissait. Dressant le pouce, il fit signe à Pascal qu'il le rejoindrait dans une minute.

— Je ne peux pas croire que nous allons faire une

telle chose ! dit Bertrand, tandis qu'ils remontaient la rue en se tenant dans l'ombre.

Le temps d'aller jusqu'au cimetière, les nuages commençaient à voiler la lune. Les lampadaires de la rue permettaient tout juste de voir le portail, mais Pascal savait qu'il ferait noir à l'intérieur. Pourquoi n'avait-il pas pensé à apporter une lampe de poche ?

— Comment allons-nous entrer ? demanda Bertrand.

Pascal examina l'immense porte. Les barreaux étaient trop rapprochés pour que quiconque puisse s'y glisser.

— Nous devrons passer par-dessus, décida-t-il.

Et, sans attendre la réponse de Bertrand, il se mit à escalader le portail, immédiatement suivi par son ami.

Une fois de l'autre côté, ils s'arrêtèrent pour observer le long chemin au centre du cimetière. Des chênes noueux bordaient étroitement le sentier, formant un sombre tunnel. De nombreux arbres se dressaient dans le cimetière, menaçants dans les flaques noires de leurs ombres. Pascal crut entendre quelque chose remuer dans les branches, mais il n'y vit aucun oiseau, pas plus que du vent.

L'espace autour d'eux était rempli de pierres tombales. De chaque côté du chemin de terre, des tombes, des statues et des croix s'élevaient au-dessus du sol. Chaque fois que la lune sortait d'entre les nuages, les pierres blanches et les ombres aux formes étranges se mêlaient de façon trop confuse pour qu'on puisse les distinguer.

— Je continue à penser que c'est idiot, souffla Bertrand. Es-tu sûr de vouloir faire ça ? Laisse tomber. Nous pouvons former notre propre bande !

Pascal était vraiment tenté d'accepter. Mais il prit une grande inspiration et secoua la tête. Après être allé aussi loin, il ferait aussi bien de continuer.

— Viens, dit-il en avançant prudemment. Benoît m'a dit que la tombe du vieux Morand se trouve dans la partie la plus ancienne du cimetière, tout au fond.

— Oh! génial! siffla Bertrand en suivant malgré tout son ami.

Plus ils s'éloignaient de la porte, plus il faisait noir autour d'eux. Les chênes semblaient s'étirer vers eux comme ils avançaient bravement. Les nuages occultaient maintenant presque complètement la lune, et, à l'exception du bruit de leurs propres pas, un silence inquiétant régnait sur le cimetière. Même les oiseaux avaient cessé de remuer.

Ils arrivèrent enfin au bout du chemin, où une petite chapelle était tapie sous les arbres.

— Pouvons-nous repartir, maintenant? demanda Bertrand.

Pascal s'arrêta brusquement et se tourna vers son ami.

— Écoute, es-tu avec moi ou non? murmura-t-il, furieux. Il ne nous reste qu'à prendre le pot de fleurs et filer!

— Bon, d'accord, répliqua Bertrand. Finissons-en.

— Allons, dit Pascal en hochant la tête. Ce n'est plus très loin.

Ils dépassèrent rapidement la chapelle et se frayèrent un chemin entre les pierres tombales. De temps en temps, la lune brillait entre deux nuages, les aidant à mieux voir. Les arbres étaient immenses dans cette ancienne partie du cimetière. Ils semblaient être plus près aussi, comme s'ils voulaient s'emparer des deux garçons. L'herbe était haute et épaisse, et de nombreuses tombes étaient couvertes de lierre. Partout, il y avait des pierres bancales et des statues brisées.

Soudain, Pascal leva les yeux et les vit, là! Une énorme pierre tombale s'élevait devant eux et il put lire le nom qui y était gravé: MORAND. Un petit pot en terre cuite contenant quelques fleurs séchées était posé sur le côté.

Pascal se précipita vers le pot, mais celui-ci était enfoncé dans le sol et il ne put l'en sortir! Peu importe combien fort il essayait, il ne réussit pas à le faire bouger. Furieux, il voulut donner un coup de pied dans le pot, mais le manqua et frappa la pierre tombale.

— Vas-tu te dépêcher? siffla Bertrand comme Pascal sautillait d'un pied sur l'autre.

— Cette chose stupide est coincée!

Bertrand s'approcha et les deux garçons s'acharnèrent sur le pot. Il y eut soudain un craquement tandis que l'objet se brisait entre leurs mains. Ils gardèrent les yeux fixés sur le pot pendant un moment. Ils entendirent alors un grognement dans les arbres sur la droite. Terrorisés, les deux garçons se regardèrent. Avec un sanglot, Bertrand se précipita vers l'entrée du cimetière.

— Attends! cria Pascal, mais il sembla n'émettre aucun son.

Il s'empara d'un morceau du pot de fleurs et partit à la suite de Bertrand, parmi les tombes. Mais lorsqu'il entendit les branches craquer derrière lui, ses jambes refusèrent de bouger. Il trébucha et tomba, la tête la première, sur le sol. Haletant de peur, il se débattit pour se remettre sur ses pieds.

À cet instant, une main saisit son épaule. Pascal fit volte-face, son cœur battant si vite qu'il semblait être sur le point d'exploser!

C'était monsieur Sorba. Pascal ne pouvait voir son visage mais il était vêtu de noir, comme toujours. Seulement, au lieu de son manteau noir, il portait une espèce de robe munie d'un capuchon. Monsieur Sorba, sans un mot, releva Pascal d'un coup sec et le fit avancer.

Pascal se laissa diriger. Il aurait dû s'inquiéter de la réaction de ses parents lorsque monsieur Sorba leur raconterait qu'il avait été surpris en train de fureter, la nuit, dans le cimetière, mais il essayait encore de reprendre son souffle. Et Bertrand! Ce trouillard! Il allait s'en sortir! Pascal poussa un soupir. Il pourrait au moins prouver aux membres du cercle des Téméraires qu'il était venu jusqu'ici.

La lune surgit de derrière un nuage et Pascal se rendit alors compte qu'ils s'enfonçaient dans le cimetière.

— Hé! monsieur Sorba! dit-il. Le portail n'est pas par là!

Ils s'arrêtèrent.

— Non, entendit-il, comme le visage se tournait vers lui.

Pascal hurla d'horreur en voyant la figure décomposée, squelettique, de la chose qui le tenait. Mais lorsque la créature l'attira plus près, il comprit que seuls les morts pourraient l'entendre.

TABLE DES MATIÈRES

Dans la même collection

- Contes de minuit

- Histoires mystérieuses

- D'autres histoires mystérieuses

- 13 histoires mystérieuses

- Histoires terrifiantes à faire pâlir d'effroi

- Histoires d'horreur pour nuits blanches

ACHEVÉ D'IMPRIMER
EN SEPTEMBRE 1994
SUR LES PRESSES DE
PAYETTE & SIMMS INC.
À SAINT-LAMBERT (Québec)